马陵道

长篇

胡性能 著

百花文艺出版社
天津出版传媒集团

图书在版编目（CIP）数据

马陵道 / 胡性能著. -- 天津 : 百花文艺出版社,
2022.10
(百花中篇小说丛书)
ISBN 978-7-5306-8325-5

Ⅰ. ①马… Ⅱ. ①胡… Ⅲ. ①中篇小说-中国-当代
Ⅳ. ①I247.5

中国版本图书馆 CIP 数据核字(2022)第 139909 号

马陵道
MALINGDAO
胡性能　著

出 版 人: 薛印胜　**选题策划:** 汪惠仁
编辑统筹: 徐福伟　**责任编辑:** 孔吕磊
装帧设计: 任　彦
出版发行: 百花文艺出版社
地址: 天津市和平区西康路 35 号　**邮编:** 300051
电话传真: +86-22-23332651（发行部）
+86-22-23332656（总编室）
+86-22-23332478（邮购部）
网址: http://www.baihuawenyi.com
印刷: 山东临沂新华印刷物流集团有限责任公司
开本: 700×980 毫米　1/32
字数: 52 千字
印张: 5.125
版次: 2022 年 10 月第 1 版
印次: 2022 年 10 月第 1 次印刷
定价: 36.00元

如有印装质量问题，请与山东临沂新华印刷物流集团有限责任公司联系调换
地址:山东省临沂市高新技术产业开发区新华路 1 号
电话:(0539)2925886　邮编:276017

胡性能 / 作者

云南昭通人。中短篇小说集《在温暖中入眠》入选中国作协“21世纪文学之星丛书”2004年卷，另有中篇小说集《有人回故乡》《下野石手记》《生死课》，短篇小说集《孤证》。曾获第十届、第十四届十月文学奖，《长江文艺》双年奖等奖项。现为云南省作家协会副主席、中国作协全委会委员。

一

晨光中，大风像无形的水流从村庄里冲刷而过，那些风化了的胶片和纸片从屋子里蹿出，被一股气流裹挟着急速旋转，仿佛被空中一根无形的管道吸食。强悍而蛮横的气流刮过村庄上空，有如无形的手试图将剪影戏残存的痕迹擦除，令人想起在电视上看到的龙卷风从旷野掠过的情景。这诡异的一幕究竟是真实发生，还是被人在想象中无限放大，许多年以后已经无法查证。但我知道尽管时间的腐蚀性比硫酸还强，无数记录往昔的文字在它的浸泡下变得字迹模糊，我还是预感到历史这本大书中一些隐秘的章节已被悄悄打开。由此，一个失踪七十多年的艺人，将重新回到我们的视线中。

二〇一八年春天，我去江苏省新沂市，查找丁汝成的下落。失踪之前，丁汝成生活在运河边的古镇窑湾。但在这个地方，几乎没有人知道丁汝成这个名字，只有几位耄耋老人，年少时在镇上的光明剧场看过剪影戏，但是当我提及丁汝成，他们都摇头说不知道，更不知道丁汝成是剪影戏的创始人。

一九四〇年晚春的一天，丁汝成晚饭后像往常那样出门散步，从此杳无音信，去向成谜。失踪前，他开办的窑湾光明剧场，每隔一个晚上，就会放映剪影戏《马陵道》；另外一个晚上，他的戏班则开唱《千金记》，后者讲的是西楚霸王项羽与虞姬生离死别的故事。为何他的戏班每隔一天就要唱一次《千金记》？有人说主要是虞姬的老家离窑湾只有几十公里，唱的人和听的人都会觉得虞姬的故事近在咫尺。只有丁汝成的妻子赫如玉知道，丈夫在娘胎里就听这出戏，在她那没有见过面的婆婆突遭横祸暴毙之前，丈夫每天都会听他的母亲哼几句。今天的人们当然不知道，当年，丁汝成的戏班也唱其他戏，比如徐渭的《雌木兰替父从军》、关汉卿的《关大王独赴单刀会》，但自从一九三八年日本人进入窑湾以后，这两出戏就不让演了。

丁汝成失踪后，光明剧场的生意每况愈下，剪影戏《马陵道》放了一段时间，也被日本人禁了。而《千金记》，因为缺少了丁汝成这个老戏骨，就像是大名鼎鼎的川菜水煮肉片剔除了辣椒和花椒，滋味就淡了。原本忠实的听众，都跑到镇上的“缀锦阁”和“蓼风轩”去了，光明剧场在经历了十来年的繁荣后衰落下来。日本人投降前，赫如玉将剧场卖了，将戏班遣散，把剪影戏《马陵道》的拷贝小心收拾，放在出嫁时从娘家带来的那只檀木箱子里，用一把铜锁锁上。变卖剧场的钱，一部分用来遣散剧场里的伙计，剩下的她添置了一百多亩地，加上之前购买的几十亩，一家人就靠地租过活。

有一种说法，七十多年前，丁汝成失踪后去了马陵山，藏在了山上的泉潮律院，削发为僧。当时的泉潮律院是苏北最有影响的佛教圣地，数百名僧侣整天在香火缭绕的寺庙里诵读经书；还有一种说法，说丁汝成与马陵山碧霞宫的比丘尼静尘私奔，去了上海。后面一种说法基本不可信，丁汝成失踪的那一年已经四十岁了，而大他十多岁的静尘早已年过半百。还没有听说过如此年长的比丘尼与人私奔的，要私奔，早在出家之前两人就私奔了。

在马陵山一带查访期间，我从当地编辑的文史资料丛书里，查找到一些蛛丝马迹。《马陵山志》第二〇一页，有这样一段文字："民国二十九年(一九四〇年)五月,日伪军联手焚烧了泉潮律院,历时三天,将寺庙化为一片瓦砾。"城门失火,日本人顺带还烧毁了一侧的碧霞宫。

面对那册散发着油墨气味的志书,我不知道日本人当年之所以要将马陵山上的寺庙烧毁,是不是真与丁汝成有关?自从鉴真和尚东渡日本,将佛教传到那个岛国之后,日本人对寺庙大多心怀敬畏,甚至将侵华战争宣传为"弘扬佛教的圣战"。有一点可以肯定的是,一九四〇年五月,泉潮律院冲天的火光,一定映红了日军少佐大垣一雄长满粉刺的脸。许多年以后,我站在马陵山上想象当年的那场大火,想象丁汝成从古镇窑湾逃亡到马陵山的情景,我似乎看到气急败坏的日伪军将山上的泉潮律院团团围住,发誓掘地三尺也要把丁汝成搜出来!最终,日本人一无所获,大垣一雄恼羞成怒,下令烧毁了山上的所有寺庙。

二

经过艰难而漫长的寻找，直到二〇一八年春天，我走遍马陵山下那些大大小小的村庄，最终在一个叫“花厅”的村子，找到剪影戏创始人丁汝成的后人。在非物质文化遗产调查过程中，我发现，二十世纪三四十年代，窑湾一带流行的剪影戏在历史上是空白的，甚至在地方的文史资料里也没有什么记载。一场大火后，当年在大运河沿岸让人津津乐道的剪影戏每况愈下，以至于后来成为一个只听说过却没见过的传说。时间的大风迅疾而猛烈，不但将剪影戏吹得无影无踪，也将它的传承人像纸屑一样刮得不知去向。不过，说丁汝成的那些后人是剪影戏的传人并不准确，因为他们没有谁以剪影戏为生。让我意外的是，每当提到剪影戏，他们都讳莫如深，仿佛那是需要他们整个家族共同维护的一个秘密。

花厅村离今天的新沂市只有十多公里，在马陵山最高点五华顶的西北面。三十年前的一次发掘，让这个村庄在考古界闻名遐迩。一大批随葬的玉器、陶器和骨器被厚土掩埋了五千年后重见天日，生命繁衍与消亡的秘密有一部分有幸被揭开，而花厅考古墓地，也因此被学界誉为“东方的土筑金字塔”。

如今住在花厅村的丁家骐是丁汝成的长子，其余的两个儿子丁家驹和丁家骥分别住在马陵山下的王庄和小余庄，还有一个女儿是遗腹子，现居住在新河镇，隔着运河与窑湾遥遥相望。丁家骐所住的是一幢二层小楼，墙体没有粉刷，房前的院子杂乱，进门左手边有一口巨大的陶缸，半人高，里面装着苏北一带用来过冬的腌菜。院子边是红砖砌成的围墙，两米来高，墙顶插满了大大小小的玻璃片。院子的一角，还有一棵掉光叶片的柿子树，春天的大风刮过，一只粉红色的塑料袋挂在树枝上猎猎作响。尽管小楼看上去只有五六成新，院子却给人一种衰败迟暮的印象。

提到剪影戏，丁家骐的口风极严，让我怀疑有一些不为人知的秘密被他刻意隐藏。为了让他放松，我掏出一包重九烟，抽了一支递给他。我发现丁家骐夹着香烟的手在我点火时抖得厉害，以至于我捧在手中的火苗差一点燎到他的眉毛。让我感到意外的是，与他身体反应迟缓形成反差，丁家骐的思维敏捷，对我提出的每一个问题，他都有所防范，常常要深吸一口烟，想清楚了再回答。整整一个下午，我几乎一无所获。丁家骐说他从来不知道什么剪影戏，是人们的谣传。提及他的父亲丁汝成，丁家骐说父亲只是早年在剧场扮过小生，后来做了酒生意，在窑湾开了个很小的酒铺，卖当地产的绿豆烧。

我找到丁家骐的时候，丁汝成的这个儿子已经八十多岁，看上去是一个貌不惊人的老头儿，五官紧缩，布满皱纹的脸警觉而多疑。在与我交谈的那个下午，他一直心事重重，目光里充满了审视。我还发现，在我们交谈的两三个小时里，院子里除了我和他，再没出现过其他的人。我问他，丁家骐回答说他的老婆前几年过世了，而子女们都在外地打工，只在春节回来住上几天。也就是说，一年中的绝大部分时间，丁家骐都独自一人生活。

花厅村的三月，大地一片萧瑟，土地大多裸露在外，灰黑色，只有少许的田地生长着绿色的麦苗。在丁家骐那儿，我一无所获，这令我感到沮丧。离开丁家骐家时已近黄昏，西坠的太阳透过不远处的一排杨树照耀过来，带着几分温情。此刻大地还没有彻底回暖，那些杨树形销骨立，还没长出新年的叶芽。我站在村口，看到几只喜鹊在树梢间跳窜，不时传来喳喳喳的鸣叫。离开花厅村之前，我穿过村庄，看到村后有一块面积几百亩的土地被剥开，露出下面黄褐色的肌理。隔着几十米远，我还看到一块石碑孤独地立在道路一侧，我当时就猜测那应该是发掘地。走过去一看，果真是，石碑上雕刻着“花厅遗址”几个字，颜体，阴刻，用红色油漆涂抹过。

那一瞬间，我感到时间其实就像是透明的泥土，随时随地以变形、扭曲和篡改的方式，对往事进行遮蔽和覆盖。也许，有关剪影戏的一些秘密，也会像花厅村那些被泥土掩盖起来的殉葬品一样，等待着重见天日的机缘。那天下午，对丁家骐的采访让我备受挫折，但也激起了我一探究竟的决心。我隐隐约约感到,除了一九四〇年的那场大火,一定还有其他原因导致剪影戏日渐衰落。早夭的孩子,生命短促,没来得及留下痕迹,就在它的出生地销声匿迹。

离开花厅村返回县城的宾馆时,我驾着租来的越野车,先经过一段凹凸不平的泥路,最终才驶上宽敞平坦的柏油马路。血色的太阳悬浮在远方的山冈,红色的弱光像油漆那样泼洒在大地上,宁静而温暖。车窗外,公路两旁的柏杨树一闪而过。我暗自祈祷,希望自己也能像发掘花厅文化遗址的那些考古队员一样好运,我渴望剪影戏消失的秘密,能够重新浮出时间的水面。

三

那年春天，正当我在窑湾寻找剪影戏线索的时候，几十公里外的新沂市区，“大运河之春”非物质文化遗产特展正在一个新建的城市综合体里举行。冥冥之中有种暗示，我总觉得会在特展上获得剪影戏的线索。我去的时候是中午，稍显安静的四楼，被隔成一个个面积大小不等的展区。七巧灯舞、草桥柳编、东路柳琴、新沂剪纸、窑湾绿豆烧……总有一些东西穿越数千年的历史顽强存活，但它们中没有剪影戏。

纸艺展区门口，一个穿白地蓝花长裙的年轻姑娘坐在桌子后面，专注地看着手机。她身后的墙上，是一排排松木制作的展示台，上面放着大大小小装框的剪纸作品。黑色的塑料框，中间是黄色的衬纸，右上角有“中国剪纸”字样，下面则是剪纸师特制的印。那些精美的剪纸作品夹在衬纸和玻璃之间，有造型各异的十二生肖，有农耕时代的劳动场景，有婚丧嫁娶的地方风俗展示，也有马陵山的自然风光。让我意外的是，在那些剪纸作品里，我还看到发生在这块土地上的历史故事：马陵之战、霸王别姬、梁红玉擂鼓退金兵……剪纸的右下端有个篆刻，凑近一看，发现剪纸师的名字叫马冰清。我原以为她一定是个历尽沧桑的老人，我以买剪纸作品的借口向坐在门口的姑娘打听，才知道马冰清其实只有三十多岁，刚结婚不久。

几个小时以后，我按约定的时间去了人民路的“香韵”茶室。还没有进茶室，就有钢琴的声音像湖水一样从屋子里弥漫出来。是我熟悉的《水边的阿狄丽娜》。进门，见到一位年轻姑娘坐在茶室里靠窗的地方，应该就是马冰清。打过招呼以后，我在她对面坐了下来，这时我注意到她看上去比实际年龄要年轻得多，只有二十五六岁的样子，身材修长，有着这个年纪的姑娘才会有的紧致。在我既往的印象中，非物质文化遗产的传承人，大都和文物一样苍老。但马冰清不是，她皮肤光洁，看上去很精致，眉毛修剪过，如同两片柳叶从眉骨向两翼舒展开，眼睛明亮、有光，穿着一件紫色的高领薄毛衣和绛红色的棉布长裙，胸部的轮廓圆润而饱满，容易让人想入非非。

“我在展览上看到你的剪纸作品，很棒！”

“与我曾外祖母比，我十分之一都不及！”马冰清腼腆一笑，“老人家要是活到今天，她才应该是非物质文化遗产的传承人！”

“你是跟你曾外祖母学的剪纸？”

“嗯，”马冰清点了点头说，“我小的时候在老人家那里住了一段时间，曾外祖母去世前，寒暑假我都跟着她。”

茶室外面，车来车往。西下的阳光照耀在对面的那排建筑上，我当时并不知道，有一扇门，正在为我徐徐打开。回过头来，我盯着马冰清的手仔细看，想象着那些构图繁复的剪纸，是怎样在眼前这双手中渐渐成形的。我眼前这双捧着青花瓷杯的手，纤细、洁白，指甲上偶尔会晃过亮光，那是指甲油在灯光照射下特有的效果。茶童偶尔过来，揭开碗盖，手中的茶壶放在身后，用一招“苏秦背剑”，往盅里加满水，出水收水一气呵成，有极强的形式感。

交谈中，当我得知教马冰清剪纸手艺的曾外祖母，竟然就是剪影戏创始人丁汝成的妻子赫如玉，我的眼睛一下就亮了：“这么说丁家骐是你……”

“是我舅爷爷！”马冰清的声音里有早春的凉意，“我曾外祖母生有三个儿子和一个女儿，那女儿就是我的祖母。”

“前几天我还去花厅村找你舅爷爷了解剪影戏的事儿呢，可惜他什么都不愿意说，总是把话题岔开。”我无奈地摇了摇头。

“他当然没有脸说。”马冰清低头看了一眼茶杯。

那个下午，马冰清对我查找丁汝成的事儿很好奇，眸子深处有光透了出来。

“很遗憾，剪影戏没有作为一种特殊的艺术形式保留下来，可惜了！”我说。

“你问吧，我把知道的都告诉你！”马冰清异乎寻常地坦诚，“我才不会像我那几个舅爷爷那样掖着藏着！”

真是柳暗花明。也许我从花厅村返回那天的

祈祷起了作用，从马冰清这儿开始，我对剪影戏的调查变得顺利起来。马冰清告诉我，早在二十多年前，一个叫大垣峻实的日本人曾来过马陵山，找到了她的大舅爷爷丁家骐了解过剪影戏。如果马冰清所说属实，那么二十多年前，那个日本人到花厅村的时候，丁家骐并不回避自己是剪影戏的传人，他甚至私下决定，要把母亲保存完好的剪影戏拷贝卖掉。为此，他们几兄妹发生过严重的冲突，以至于后来几乎没有什么往来。

二十多年前，是否因为花厅古文化遗址被发现，才让那个叫大垣峻实的日本人寻迹而来？马冰清说，日本人来是要购买剪影戏《马陵道》唯一拷贝的。那是一份相当特殊的拷贝，透明的胶片上，粘贴了上万幅精致的剪纸。

时间要返回到一九九六年夏天，马冰清被父亲送曾外祖母家。暑假，那个时候的假期作业少，父亲乐意见到女儿跟她的曾外祖母学习女红，但老人在教马冰清女红的同时，也教她剪纸，从剪最简单的花鸟鱼虫学起。马冰清有悟性，很快就能上手。正是在曾外祖母的家里，马冰清见到了那个叫大垣峻实的日本人。

“三十多岁的样子，理着个短发，人显得很精神，”马冰清微笑地偏着头说，“当时他想出一百万元，买我曾外祖母檀木箱里装的拷贝。但那笔钱即使到手了，他们也不会分给我奶奶，因为她是嫁出去的人。”

“二十多年前，一百万元，是笔大钱呢！”我说。

“所以我的几个舅爷爷才迫不及待想卖嘛，他们想钱想疯了！”提起往事，马冰清的言语中依然有一些情绪。

“我去过花厅村你大舅爷爷家，”我坦诚地告诉马冰清，“我感觉他家的经济情况并不宽裕，不像是挣了大钱的人。”

“最后没交易成！”马冰清开心地说，“本来一切都谈妥了，还交了定金，可生意最后黄啦！”

“怎么，是你大舅爷爷反悔啦？”

“他才不会反悔呢！”马冰清的表情有些不屑，“是我曾外祖母不同意，我奶奶也不同意，但在当时，她们都阻止不了。”

一九九六年的马冰清只有九岁，大垣峻实来购买剪影戏拷贝的那几天，马冰清恰好在花厅村，她也因此见到了此生最匪夷所思的一幕。

四

那件事发生之前，马冰清从来没有看过《马陵道》的演出，她当时对几千年前发生在自己故乡的马陵之战也一无所知。她只是一个九岁的小姑娘，与曾外祖母睡在一张床上。时隔二十多年，马冰清还记得卖拷贝的头一天，黄昏时分，整个村子的蝉仿佛都飞了过来，停歇在她大舅爷爷家屋外的杨树上。那些蝉不停地鸣叫，声嘶力竭，让人听了心里瘆得慌。夜幕降临，蝉鸣声才渐渐低弱下来。

“我们都不知道，那会是我曾外祖母的最后一个夜晚。”马冰清说。

气候炎热，大地像中了暑，直至午夜才渐渐退烧。那时的花厅村，八十六岁的赫如玉住在自己的瓦屋里，装有剪影戏拷贝的紫檀木箱，就放在她的床脚。那是只大木箱，一米长，半米宽，两尺高，是她十七岁嫁到丁家时，娘家的陪嫁。

"老太太舍不得。紫檀木箱明天就要被人抬走了，老太太晚饭后留在屋子里，将那只紫檀木箱摸了又摸，" 马冰清说，"我记得当时她手背上的皮肤又薄又皱，上面还有许多老年斑，血液在皮下滑动，像蚯蚓一样。"

我们的交谈让马冰清重新回到了二十多年前的那个夜晚。夜里，她曾被惊醒，她先是听见一阵阵狂风吹过，带着嚣叫，就像是置身于冬天的旷野里。不是幻觉，也不是梦境，黑暗中，马冰清看见睡在床那头的曾外祖母披着衣服坐在枕头上，一对眸子在黑暗中隐隐闪着光。

"炎热的夏天，怎么会有大风刮过，而且是在几近密闭的屋内？"许多年以后，马冰清一脸疑惑地对我说，“至今也找不到合理的解释。”

那天夜里，花厅村的丁家，大风刮过时凄厉的尖叫，马冰清听得清清楚楚。但她的睡意很快就上来了，等她夜里再次醒过来时，风声早已消失，静寂中，她听见有一个声音在黑暗中传来，那是《马陵道》里的唱词：想着咱转笔抄书几度春，常则是刺股悬梁不厌勤。你今日践红尘，只愿你此去呵功名有准，早开阁画麒麟……声音清越，好像从屋里传出，又仿佛在极遥远的地方。

“哪儿的声音啊？”马冰清问。

“箱子里的。”赫如玉说。

鼓声在黑暗里响起，二胡的弓在琴弦上短促滑动，由远及近，传来密集的马蹄声。曾外祖母在黑暗中幽幽地对重外孙女说，这用的是跳弓。那声音听上去，就像是有千万只马蹄踏在草原，踏在旷野，踏在通州达县的马路上，溅起的尘土遮天蔽日，遥遥无边。马队渐渐远去，突然，它们像是集体驻足，高高地扬起前蹄，马的嘶叫声传了过来。“这是你曾外祖父的绝技，”赫如玉在黑暗中对重外孙女说，“只要用左手手指快速滑向琴弦的高音处，再用颤指向上滑动，你曾外祖父就能让二胡发出战马的嘶鸣。”

马冰清那时还不太听得懂。她只是觉得马叫声越来越远，越来越模糊。安静一会儿之后，赫如玉又说：“拉弓的右手，要由重到轻，轻到只有一根羽毛的重量，甚至更轻……这是你曾外祖父当年告诉我的。”

“唉，”过了一会儿，赫如玉长叹了一口气对她的重外孙女说，“你曾外祖父一直嫌弃我不能上台和他唱戏，其实他哪里知道，嫁给他之前，我常常去他的剧场听戏，戏里的那些唱词，没有我不会唱的！”

马冰清告诉我，那是一个奇特的夜晚，屋子里时而喧闹，时而宁静，有时感觉千万人拥挤在那个屋子里，有时她又觉得是置身于无人的旷野。马冰清说她害怕极了，就爬过去与曾外祖母睡在一起，头靠在她的大腿上。两人就那样依偎着听箱子里传出的唱词。

“我当时还听不太懂，有时候曾外祖母会停下来，对我做一些解释，我就大体明白是一个叫庞涓的人陷害了一个叫孙膑的人，把他的两条腿弄残，后来孙膑逃到齐国，设下陷阱准备报仇。”马冰清说。

“会不会是你曾外祖母在那口装剪影戏的箱子里放了一台录音机？”我对屋子里传出神秘的唱词表示怀疑，便提醒马冰清。

“不可能！”马冰清说，“后来发生的事情，也证明了根本没有什么你怀疑的录音机。”

在马冰清的描述中，下半夜，那声音变得急促起来，好像有两支军队在狭窄的道路上厮杀，有战马的叫声、兵戈的碰撞声、惨叫声、咒骂声、人跌倒的声音，甚至长矛刺进身体里“扑哧”的声音也清晰可闻。马冰清告诉我，二十多年前的那个夜晚，她甚至闻到了屋子里弥漫着一股浓浓的血腥味，直到这一切安静下来，才听见远处传来一个人的仰天长笑：再言语豁了这厮口，再言语截了这厮舌……

二十多年前发生在马冰清曾外祖母屋里的那一幕，好似一卷紧致的画轴，在我的眼前缓缓打开来：

黎明时分，屋子安静下来。曲终人散的剧场，所有人都离去了，只有一个人还环视着满地狼藉的剧场——丁汝成的妻子赫如玉。马冰清困顿至极，她再次睡过去，梦里风清月明，她一直睡到太阳高照才醒过来。

她的曾外祖母正打扫着屋子,尽管已是八十多岁的老人,但赫如玉的身子骨依然健朗。屋门大开,阳光照射进来,在泥地上留下门板那么大的一块光亮,炫目,安静。屋外的院子里,马冰清的三个舅爷爷已经聚齐,他们正在等候那位叫大垣峻实的日本人。

之前的几天,大垣峻实就曾在丁家骐家里,当着赫如玉的面,打开过那个颜色发暗的紫檀木箱。他屏住呼吸,轻轻地捧起一卷《马陵道》拷贝,透明的胶片上粘贴的是当年赫如玉花了两年时间才剪完的一帧帧剪纸,每一帧剪纸都是一寸左右长宽,剪纸的刀口干净、清晰、果断,大垣峻实爱不释手。的确像他祖父所说的,是纸艺里的精品。

一早起来将屋子清扫干净,是赫如玉保持了

数十年的习惯，就好比一个人早晨要洗脸和漱口。收拾完屋子，她坐在床边的木椅里，等待着那个日本人来把陪伴她七十年的紫檀木箱抬走。就像是要送一送自己即将出嫁的女儿，赫如玉在那天早上特意打扮了一下自己，她银白的头发梳得溜光，往后拢了拢，在脑后绾成个发髻，并用一支银簪固定住，曾经裹过又放开的脚有些变形，包在一双黑绒面料的鞋子里。身上，是蓝布制作的新衣，那是去年冬天马冰清的祖母给她买来的布，她亲手缝制的。新衣合身、熨帖。

大垣峻实进院子的时候，提着一个皮箱，进来以后就与马冰清的三位舅爷爷在院子里交谈。马冰清站在曾外祖母的身旁，看到她的三个舅爷爷微微弯着身子，在那个日本人面前不停地点头。

“日本人叽里呱啦说些听不懂的话，我的三

个舅爷爷像鸡啄米一样点头，其实他们根本听不懂！”马冰清说。

然后，丁家骐就领着他们，一道走进赫如玉的房间。

紫檀木箱被从床脚移了出来，放在房间靠门的阳光下，丁家骐哆嗦着手，掏出系在腰上的钥匙。老式的铜锁，原配，锁体上有篆书“百年好合”四个字，阳文微微凸出。也许是内心过于激动，费了好大劲才把钥匙插进锁孔。“咔嗒”一声，铜锁开了，丁家骐用手扶着箱盖，慢慢打开。

当紫檀木箱的箱盖完全打开，上午的阳光照耀着箱子里静静躺着的拷贝，一卷又一卷，重叠着。大垣峻实的眼里欣喜异常，他蹲在丁家骐身边，看丁家骐小心翼翼从箱子里捧起拷贝。突然，从屋外刮进来一阵旋风，紫檀木箱里那些透明胶片以及上面的剪纸纷纷碎裂，瞬间争先恐后蹿出木箱，像一条巨蟒试图飞上高天，在屋子上空瓦解，零碎的尸骨飘洒在屋顶、院子以及附近的田地里。

大垣峻实还有赫如玉的三个儿子被眼前的景象惊呆了，他们站在门边，惊骇地望着那些纸屑旋转着飘向天空，又纷纷扬扬落下，张大嘴不知所措。那个时候，只有马冰清注意到自己的曾外祖母，她端坐在椅子上大睁着眼，突然身子往前一倾，嘴中喷出一口鲜血。

五

有关剪影戏，一切都得从马冰清的曾外祖父丁汝成十二岁那年出逃时说起。

一九一二年，中国历史的风云正在古老的大地上激荡。年初，清朝皇帝黯然退位，继而孙中山辞去临时大总统一职，一代枭雄袁世凯粉墨登场。而在马陵山下的土城，也许是由于命运的咒诅，兄弟相残的悲剧再次上演。

丁汝成的出生地土城，位于马陵山一侧，乃是春秋时期钟吾国的都城。公元前五一五年，吴国王族发生内乱，公子光在伍子胥的策划下，以“鱼腹剑”的方式刺杀了吴王，这让出征在外的烛庸有家难归，只好避难到北方的钟吾国。公子光如愿以偿登上王位，即吴王阖闾。为了斩草除根，他派兵攻打钟吾国,杀了自己的亲兄弟烛庸。

年少时,丁汝成对发生在土城的故事耳熟能详,但他没有想到这样的悲剧会发生在自己身上。十二岁那年,做棉纱生意发家的父亲不幸中风,从此躺在床上,再也没能下床。也就是从父亲病重的时候开始,敏感的丁公子已闻到弥漫在家中的不祥气息。成亲以后,丁汝成告诉自己的妻子赫如玉,说他在出逃之前的那段时间,总觉得天是阴的,时时刻刻都像是生活在黄昏里。

对于一个十二岁的少年来说,那是一段令人窒息的日子,就像是等待着村里关圣宫大殿外的那口铸铁大钟有一天会掉落下来。每天,当母亲前去照看父亲的时候,丁汝成就独自跑到后院坐在树荫下。石板镶嵌的院子里,左右有两个种满菊花的方形花台。围墙边的阴影里,将军草疯狂生长,蟋蟀和壁虎爬进爬出。偶尔有一两只鸟快速掠过空中，身影仓皇，丁汝成听见寂静的深处传出一种奇怪的鸣叫，仿佛是去年槐树上的蝉鸣传到今天。

就像是一团血掉落在宣纸上洇开一样，发生在土城丁家的血腥杀戮从棉纱商人中风摔倒在天井的当天就开始了。丁汝成的父亲被人抬进卧室，醒来之后，左边身子失去了知觉，感觉像是有一半身子永远浸泡在冬天的冰水里。每一天，他都觉得自己的身子又向土里埋进了一截，直到离世，他再也没有离开过那张床。房间外面，妻妾之间的争斗早已展开，最终还是大娘的手段更高一筹——她买通家中的厨子，将自己刺向对手的刀子掩盖得没有一丝痕迹。结果，棉纱商人还没有去世，他宠爱的小妾如同陪葬一般，在他前面暴毙而亡。在丁汝成的记忆中，离家出逃前的那段时间，他已经嗅到了丁家大院里弥漫的死亡气息。每一天,都有成群结队的乌鸦飞临丁家大院的上空,那些嗅觉敏锐的大鸟就像是来自另一个世界的信使,它们盘旋、翻飞,传来的啼鸣让人毛骨悚然。

母亲死后,父亲又不能动弹,也无法言语,丁汝成束手无策,只能听人摆布。他母亲的葬礼是大娘操持的,她给自己的对手用了最好的棺木,请了泉潮律院的和尚做法事超度,葬礼隆重而热闹,丁汝成的大娘也因此为自己挣得了好名声。但是,走南闯北的棉纱商人见多识广,已从小妾突遭的横死中发现端倪,商人的精明让他意识到当家的大娘不会放过丁汝成,但他现在唯一能做的,就是告诉儿子赶快逃命。

丁汝成记得逃亡的那天夜里,父亲让下人把他悄悄叫进卧室,抖动着手递给了他一封信,上面只有短短一行歪歪斜斜的字:"去窑湾,找开酒铺的吴子期伯伯!”之后,父亲试图伸手摸儿子的后脑,费了很大的劲儿,才把手放在丁汝成的头上。像是祝福,又像是不舍的告别。

“跑吧,儿子!”棉纱商人沙哑而含混的声音不是从他嘴里发出,而是从他嗓子里挤出来的。之前一直懵里懵懂的丁汝成一夜之间就醒了,懂事了,他能清晰地感觉到,杀气像夜幕一样,从他的头顶令人胆寒地罩了下来。

他想起几天前,母亲出丧的时候,是他举着灵牌,跟随着送葬的队伍去的墓地。他的身后,八个壮汉抬着母亲漆黑的棺木,引导着送葬的队伍缓缓地出了土城。每逢路口和桥头,背着纸钱的阿贵就会扔出一沓纸钱,圆形的纸钱在空中突然散开,再纷纷扬扬洒落下来,白色的纸钱在泥地上触目惊心。周家喇叭班吹的喇叭,声音凄凉……隐隐约约,丁汝成仿佛听见一种奇怪的唱腔回荡在自己的脑子里，带着哭音，就像是有人在一个极遥远的地方，独自唱着《马陵道》。他太熟悉这出戏的唱词了，从在母亲肚子里就开始听。但这一次，他从《马陵道》的唱词里，听出了隐藏其中的杀气。

此时站在床榻面前，丁汝成与父亲惊恐的眼神对视，明白了其中的紧迫和深意。他重重地点了点头。短短的几个月，父亲像是变了一个人，身体浮肿，苍白的脸上色斑醒目。看到他的嘴唇不停翕动，丁汝成把耳朵凑近，却只能听见父亲的喘息声。不过丁汝成心里明白，他必须像孙膑那样，连夜从眼下的土城逃走，却没有想到这次出逃，竟成为他这一生的转折点。

六

一九一二年春天的那个夜晚，丁汝成借着微弱的星光，打开丁家大院的侧门，像一只穿过阴影的野猫，悄无声息地逃了出来。午夜的村庄静寂异常，熟悉而又陌生。他沿着村里曲折的巷道，从那个叫土城的村子穿过，瘦小的身子像穿过梦境。身后，狗的叫声追了过来。

从马陵山下的土城到运河边的窑湾镇，有很长一段路是过去马陵山里的古驿道，有的地方镶嵌着两千年前的石板，经过贩夫、兵卒、僧侣以及马蹄常年的打磨，石板变得光滑，在暗淡的星空下反射着微弱的亮光，就像涂抹上了桐油。从小听母亲唱《马陵道》，丁汝成对孙膑与庞涓的故事了然于心，他甚至熟悉鬼谷子、魏公子、田忌等人的唱词和独白。正是因为对那个故事太过熟悉，以至于后来，当他对自己的妻子赫如玉说起逃亡路上所经历的诡异之事，他都弄不明白究竟是想象中的故事，还是现实中的经历。

一百多年前的那个逃亡之夜，丁汝成穿过土城村外的石板路，穿过白天人来人往的大道，他能看见模模糊糊的古道消失在马陵山的皱褶中。夜幕深沉，身后的土城早已看不见踪影，狗吠的声音也遥远得若有若无，这个世界只有他一个人在孤单行走，焦急、仓促，他听见自己的脚步声和喘息声就回荡在耳边。

进入一条幽深的山谷之后，突然就起了大雾，道路消失，周边的树木消失，视野里山的轮廓也消失，一切可参照的东西都不见了。四周混沌一片，只是回过头去望了一眼，脚步晃动，他就无法判断来时的方向。丁汝成伸出右脚，前后左右试探，触及的地面没有一点暗示，他只能摸索着在原地坐了下来。原来，安静就像是沙粒悄悄滑落的声音。过了片刻，隐隐约约地，他听见远处好像有什么东西在响，密集而琐碎，慢慢地，他听清了，那是急促的马蹄声，由远及近，像洪水一样，席卷了过来。

人们传说的“阴兵过”被丁汝成遇到了。之前，马陵山的山谷里有阴兵厮杀的传闻已经流传了多年。置身于两千多年前的古战场，丁汝成还是暗暗心惊。那该是一支多么庞大的队伍从附近经过啊，无数的马蹄敲打在驿道的石板和泥地上，有的声音清脆，有的则实笃，感觉眼前的雾气，是万千铁蹄溅起的泥土。丁汝成能够清晰地听见兵器碰撞的声音、战马嘶鸣的声音、人的呐喊声，它们仿佛近在咫尺，却又因这大雾帷幕的遮挡，踪迹难寻。

突然，喧嚣的声音弱下去，却有清晰的声音传了过来：

此处莫不有埋伏的军马么？不中，我只索倒回干戈，领军去也。

庞涓，你哪里去？大小三军，与我围定了峪口者。休教走了庞涓！

兀的不唬杀我也！高阜处说话，好似我孙膑哥哥。我是叫他一声咱。孙膑哥哥！

叫我的是谁？

是您兄弟庞涓。

你叫我怎么？

多时不见哥哥，我心中好生想你也！

这是两个完全陌生的声音。一个浑厚，另一个尖厉，与父母唱和的声音完全不同。年幼的时候，丁汝成常听父亲母亲唱《马陵道》，土城棉纱商人的宅院，晚饭后时常响起二胡、皮鼓和铙钹的声音。丁汝成的父亲不只是一个简单的戏迷，他能开嗓唱，还能熟练地耍弄各种乐器。只是棉纱商人肯定想不到，他与小妾玉香枝的唱和，每一句唱腔以及家里下人的叫好声，都像是一片片飞刀，越过丁家大院静默的瓦脊，传到备受冷落的大娘耳中。

由于受困马陵道无法行走，丁汝成只能仔细聆听天地间突然出演的这出戏。这出戏，他再熟悉不过，知道接下来的每一句唱腔和独白，一直等他听到庞涓说：罢、罢、罢，大丈夫睁着眼做，合着眼受。这也不必说了，只可惜那六甲天书还不曾传授……这时，狂风突然窜起，嚣叫着从深谷中穿过，气流带来的树叶、沙石打在脸上，感觉刚才在大雾中厮杀的两军，像潮水一样从他面前退了下去。四周再次安静下来。无法看清道路，丁汝成寸步难行，只能等待着雾气散去和黎明的到来……等他醒过来的时候，雾气是散去了，天空却依旧黑暗，道路模糊向两头延伸，一时不知道哪头通向土城，哪头通向窑湾，而夜里所经历的一切，经过睡梦的过滤，也变得似幻似真。

此后，丁汝成每当想起夜晚穿行于马陵山的经历，总觉得两千多年前的那场厮杀，就是他记忆里的一部分。他后来甚至能够隐约回忆起那天夜里庞涓的模样，也能回忆起孙膑夜宿的羊圈，面对馒头与污秽时的犹疑，还有刖足的疼痛让孙膑一脸扭曲的表情。

七

五十多里路，丁汝成走了整整一夜。当他到窑湾镇的时候，天已大亮。之前，棉纱商人曾经不止一次带儿子到窑湾，但当时丁汝成不是坐轿就是骑马，养尊处优的少爷不知道步行的艰辛。逃亡的这天夜里，几十里路程把他的脚底磨起了好几个大水泡，到了后来每挪一步都是钻心的疼痛。

一跛一拐地从北门桥进了窑湾镇，丁家大少爷形单影只来到北门大街上，像一个华丽的乞丐。靠近月牙桥时，他看到有十多个穿青灰色洋装的年轻人站在桥头，有好几个人手中提着剪子。丁汝成当时还留着长长的辫子，看到他过来，那些年轻人的眼睛立即发亮。让丁汝成记忆深刻的是，那群年轻人中，竟然有穿学生装的姑娘。这个从马陵山来的少年暂时忘却了内心的恐惧，他满眼新奇，东张西望，发现这个地方与父亲之前带他来时完全不同了。过去，写着“北门锁钥”的碉楼上，挂着的是黄龙旗，现在黄龙旗不见了，取而代之的是五色旗。

突然，有人从身后拉着他头上的辫子，丁汝成心里一惊，以为是大娘派来的人追来了，他拼命挣扎，吓出一身冷汗。身后的人却把他的头发抓得更紧。他偏着头，身体僵硬，眼睛的余光瞥见了一个姑娘的脚。几个人的交谈声、剪刀一开一合的摩擦声，锋利、刺耳，随着咔嚓咔嚓的声音，丁汝成感觉他的头像是被谁从脖子上砍了下来。

发现头上的辫子被剪掉，这个十二岁的孩子哇的一声哭了起来，他弯腰捡起落在地上的辫子，双手捧着，一路来到了镇上的吴家酒铺，这才发现酒铺里的所有伙计，包括父亲要他找的吴老板，也都剪了辫子，丁汝成这才破涕为笑。

丁汝成就这样做了吴家酒铺的小伙计。他模样端庄、声音清脆，干不动重活儿，就站在西大街的店门口，每当看到有人走过来，就脆脆地吆喝一声："好水好地好药酒，运河窑湾绿豆烧啊！"听过他吆喝声的人都说，这孩子有一副好嗓子，要是不唱戏，可惜了。

尽管朝代更迭，但一九一二年的窑湾镇依然繁荣异常，运河上船来船往，风帆起起落落。每一天，南哨门外面的码头都会卸下大量的货物：洋油、织布机、自行车、棉纱、装在木箱里的电池和火柴，堆在码头上用油布盖着的食盐、粮食、丝绸和各种山货也会被运走。正对着码头，有一个木质结构的牌楼，门楣上面刻着斗大的四个字：窑湾码头。两侧的牌柱上，雕刻有一副对联：船中争日月，水上度春秋。

紧靠着运河大堤，有一些狭窄的巷道通向窑湾镇上喧嚣的戏班与弥漫着脂粉气味的妓院。偶尔，有大型船队停泊在镇子外面的骆马湖上，就会有歌伎抱着琵琶、月琴、二胡等乐器上船演奏。夜幕降临，商船的灯光映射在水里，一上一下的光亮随着水波晃动。偶尔，有清脆的唱腔隔空传了过来，掠过水面，惊飞了歇息在岸边草丛里的水鸭。

刚到窑湾镇的时候，丁汝成时常迷路。按照“奇门遁甲”修建的古镇，“S”形的狭长街道顺着运河蜿蜒。太极生两仪——窑湾镇便建了南哨门和北哨门；两仪生四象——大运河、沂河、护城河、后河，使得窑湾得以四面环水；四象又生八卦——城墙上设了八方炮台，通向“S”形大街的十二条深巷，这建镇构思中的“十二地支”是一个迷宫，让初来乍到的人晕头转向。只有生活的时间长了，才会熟悉这座古镇上的一条条道路，以及这些街道上的旅店、米铺、作坊、饭馆、酒肆、医院、教堂、药店……

棉纱商人在丁汝成离开土城的第三天一命归西。消息一个多月以后才传到窑湾的吴家酒铺，年少的丁汝成躲在后院的粮库里哭了一个下午。悲伤像潮水般在心头上涨，一直淹没到了喉头，缓慢降落之后又复袭而来。他看见太阳照在院子里晾晒的粮食上，红色的高粱和黄色的玉米，酒坊里的一个工友赤裸着上身，每隔半个钟头，就用竹筢翻动一次粮食，竹筢的端头像人的手指一样，从地上拖过后，在晾晒的粮食上留下了道道沟痕。

丁汝成再也没有回过土城。父亲入殓他没有回去，也不敢回去。就算到后来成了光明剧场的老板，他也没有回去过。哪怕他后来回马陵山上的寺院，或者去给自己的父母扫墓，他都有意绕开土城。当年，是古镇的繁华冲淡了少年内心的哀愁。白天，他替吴家酒铺干杂活儿，夜晚，他就睡在后院马厩的楼上。窗子外面的狭窄巷道，一头通向运河的大堤，一头通向镇里最繁华的西大街。入夜，寻欢的水手和船主从码头下船，沿着这条巷道，消失在窑湾镇的夜色里。所以每天晚上，丁汝成都是在调笑声中进入梦乡的。而后，他又在晨市小贩的吆喝声中醒来。

八

终于有一天，丁汝成日渐舒展开来的身子，能够装下其他东西了。于是在晚饭过后，等吴家酒铺打烊，丁汝成得空了，他就开始往戏班跑。只要鼓钹声一响起，他的心里就发痒。他还小，对戏班里的风月之事不甚清楚，却迷恋戏班里传来的吟唱和器乐声。十七家戏班，其中，“秦淮之家”是山西人开设的，里面传来的是二股子、四股弦、小三弦配板胡的声音，舒缓，像是傍晚时分轻拂运河大堤上柳条的暖风；福建人开的“缀锦阁”，远远地就能听到裹着棉布的松木敲打在大锣上的声音。很快，窑湾镇上的十多家戏班，丁汝成都摸了个门清，他听“藉香榭”的《琵琶记》、“紫菱州”的《雌木兰替父从军》、“翠文斋”的《打渔杀家》……几乎每个戏班，隔一段时间都会演一出《千金记》，约定好了似的，那是因为虞姬就出生在离窑湾几十里外的地方。

年少的丁汝成隐瞒了母亲的身世——她虽曾是窑湾镇活跃一时的名角，毕竟终年与男人们打情骂俏，也不是光彩的事情。虽然已经到了民国，戏子们的地位有所提升，却依旧被人看轻，有时去雇主家唱堂会，他们都只能从侧门进家。

每一年，吴家酒铺老板的父母过生日，都会请戏班来家里唱戏，有时请“怡红院”戏班唱《拜月亭》，或者请“柳花阁”唱《墙头马上》，只要窑湾镇有人家请唱堂会，丁汝成就会去蹭戏听。没两年，十七家戏班的看家节目，丁汝成都能哼个十之八九。但在所有的戏班中，丁汝成最迷“秋霞阁”的旦角小桃红，她只要一开口，丁汝成的身子就酥软。尤其是她唱《千金记》，那悲戚的声音摄人魂魄，让他的心发软又发慌。

“汉兵已略地，四方楚歌声。大王意气尽，贱妾何聊生！”在歌声的余音中，边舞边唱的小桃红举起宝剑，在香颈上一抹，寒光乍现，婀娜的身子瘫软在台上，观众席就会响起一片抽泣声。

当时，镇上只有江西人开的“蓼风轩”唱《马陵道》。班主越玉生不知道丁汝成是他师姐的儿子，但他喜欢这个吴家酒铺清秀的小二，觉得他天生就是唱戏的。四折《马陵道》，其他小生唱了两三年还时常出错，这个孩子一教就会，身形、唱腔、真假嗓的转换，做得都很到位，就像是前世的某个名角投胎，没有喝孟婆的迷魂汤，仍然保持着过去的唱功，尤其是念白时大小嗓的结合，其间如水银泻地般的过度，有时连他这样的老戏骨都听不出来。

十四岁的时候，丁汝成入了“蓼风轩”戏班，跟随师父越玉生唱戏。老班主走南闯北那么多年，还没有碰到一个孩子有如此好的唱戏天赋，因此也着力教他。越玉生只知道丁汝成父母早亡，是个孤儿，以为是上天垂怜，才给了他如此好的嗓子。尤其是唱《马陵道》，一张嘴，这孩子就把外部的世界全忘了，他只活在戏里，活在角里。当他唱“孙膑机谋不可当，庞涓空使恶心肠，两个刖足之仇何日报，少不得马陵山下一身亡”时，越玉生觉得这个孩子活脱脱就是两千多年前的孙膑转世。

那几年，感觉除了窑湾镇，外面的世界乱成一锅粥。先是都督程德全宣告独立，进而邻省的白朗造反，远在地球那边的许多个国家也打了起来。紧接着，袁世凯当了皇帝，云南有一伙人不服，挥兵北上打了起来……窑湾镇似乎没有受到太大的影响，船只该来还来，该走还走。戏班照旧每晚唱戏，商铺照样每天营业。戏院里的客人，来自天南海北，聚在一起，常常把演出前的剧场，开成了一个个新闻发布会，真真假假的消息就从那里传了出来。

进了“蓼风轩”戏班，当年瘦弱的丁汝成就像是枯萎的木耳碰到了雨水，身子慢慢打开，渐渐地，要形有形，要样有样了。不久，名声传了出去，有些商帮、船帮和大户人家办堂会，冲着他的唱腔便请了戏班，这让班主越玉生非常欣慰，觉得自己没有看走眼。后来，只要知道他某天晚上唱《马陵道》，连“秋霞阁”的当家旦角小桃红如果有空都会跑来听。此时的丁汝成骨架有了，再着上戏服，脸上又化了妆，倒真看不出他还是个孩子。

或许是因为从小跟着唱戏的母亲生活，有一天，当丁汝成与小桃红的眼睛对上的时候，他的心里“咯噔”了一声。就像是一块石头被扔进了平静的池塘，一个十六岁男孩子的心，一下子乱掉了。埋藏在内心深处的恋母情感，一下子找到了寄托对象。此后，他在台上扮孙膑面对观众时，他的眼睛，总是在人群中搜寻小桃红。冥冥之中自有感应，丁汝成总是能在人群中一眼就锁定小桃红。只要她在，丁汝成就唱得特别卖力，这一点，连他的师父越玉生都感觉出来了，每每敲打他，是不是开蒙啦？

心乱的岂止丁汝成。见惯秋月春风的小桃红，年纪虽然不大，却也算得上阅人无数。那些倾慕者中，有一掷千金的土豪，有浪漫的文人，也有蛮横的军阀，偏偏这个孩子让她的心跳无由加快。两个人的不伦之恋当然遭到窑湾镇上所有人的反对，包括丁汝成的师父越玉生。“她一个大你十来岁的过来人，究竟是怎么狐媚到你了？”师父声色俱厉地说，“真想找了，把戏唱好，在这窑湾镇上的大户人家中娶个千金回来也有可能！”

九

二〇一八年的春天，为了调查失传的剪影戏，我来到了窑湾古镇。尽管高速公路、铁路、航空这些更为便捷的交通消解了窑湾作为京杭运河中转站的作用，但我依旧能够从这座古镇的建筑规模和鳞次栉比的商铺中看到它昔日的繁荣。在西大街，我甚至见到开办于一九〇三年的“大清窑湾邮局”。邮局大门的右侧，有一个很多年没见的绿色邮筒，上面有插口，邮筒的下部，还有老式的插锁。不知道如果真丢一封信进去，会不会有人在远方收到。邮局的内部，结构与一百多年前没什么两样，我花了两元，在右边的柜台买了一个信封。卖信封的是位漂亮姑娘，她在信封右上侧一元二角的邮票上面，用力盖上了圆形的刻有“大清窑湾邮局”的邮戳，邮戳下端的日期显示的却是“2018.4.11”。“大清”“2018”，这样的组合给我带来了一种奇异的穿越体验。

来到窑湾，站在如今修葺一新的大堤步行道向运河眺望，宽阔的水面上，远处有货船发出“噗噗噗”的声响。运河开通几百年了，窑湾镇有如一只小兽，吮吸着运河的乳头，然后渐渐长大。能够想象，许多年前，天南地北的人顺着运河而来，最后又有许多人借助运河离开，却在这座古镇上，留下了无数的典当行、钱庄、布店、工厂和槽坊。百余年前，当丁汝成来到窑湾的时候，运河大堤上甚至还有外国人开设的酒吧和咖啡屋，来自美、英、法、意等十来个国家的洋人在此淘金，他们与当地的中国人联合开设了一家家公司，有中美合资的美孚石油公司、中英合资的亚细亚石油公司、中法合资的五洋百货公司……我怀疑那个时候的窑湾，那些长着中国面孔的年轻人，见面时的问候也许不再是“吃了？”而是说“How are you？”(你好吗？)

当年，运河上的那些帆船，有的来自京津，有的则来自苏杭，每一只船有每一只船的故事，也有它们各自的命运。是小桃红告诉丁汝成，从窑湾坐船可以抵达上海。当然不完全从运河走，到了镇江，船要驶入长江。曾经，她坐在教堂外面的运河堤上，向丁汝成描绘过上海的虹口、江湾以及外滩，告诉他，在那座遥远的城市里，男女恋爱了可以手拉着手，在宽阔的马路上走来走去。这应该是小桃红的暗示，她或许是盼望着能够与丁汝成私奔，逃往一座自由的城市，开始随心所欲的生活。但丁汝成显然没有做好准备，他还只是一个十七八岁的孩子，面对迷茫的未来，缺乏足够的勇气。

隔着百年光阴，我想象当年的窑湾，想象小桃红和丁汝成坐在一九一七年的运河大堤上，想象小桃红眯着双眼凝视着烟波浩渺的远方。傍晚时分，落日在运河上洒下了万顷金光，水面一片灿烂，但终究，那些金光和小桃红心中曾经丰盈的期盼一样，渐渐暗淡下去。

晚风拂来，带着这个季节固有的凉意。丁汝成与小桃红在大堤上坐到日暮时分，他能够闻到小桃红身上脂粉的香味，这让情窦初开的丁汝成心如鹿撞，他真希望就这样与小桃红在运河边坐到地老天荒，但晚上还有演出。分手的时候，小桃红告诉丁汝成，“夜猫子集”开的时候，她会去采买一些酒菜，如果丁汝成愿意，散场以后可以到她那儿去喝喝酒。

“夜猫子集”是窑湾的夜市，已经延续了数百年。“夜半开张，天明罢市”，南北来的商船停靠在窑湾，脚夫们在夜间装卸货物，船上的水手也需在此采买生活用品，等到天明，一切便了无痕迹。当三更梆响，城门吱呀一声打开，吊桥徐徐落下，镇上商家像是约好似的，灯一盏盏亮了，店铺噼里啪啦打开。而天黑时就赶往窑湾的农民早已等候在城外，此刻他们一拥而进，带来自家种的菜蔬和养殖的鸡鸭。渡船开启，船上的桅灯映照着水面。镇上的石板路上，运送货物的大车驶过，屋外传来嘚嘚嘚的马蹄声和车轴转动摩擦出的叽咕声。当年的窑湾，很多时候，夜晚的交易甚至超过了白天。

我想象一百年前的某个夜晚，三更之后，来不及卸妆的丁汝成夹杂在赶集的商贩、农民、船夫中间，悄悄穿过街巷，来到小桃红的住处。是临巷的那种小院，僻静，低调，但进了门之后别有洞天。二楼的灯早已亮起了，是一种召唤，也是一种诱惑。拐进小巷的丁汝成毫无约会经验，他忐忑不安，站在小桃红的门外犹豫了好一会儿，才用弯曲的食指指骨，轻轻敲击了两下木门。作为邀请者和过来人，小桃红显然比丁汝成有经验得多，她算定这个年轻人会来，算定了时间候在了木门的后面，当敲门声犹疑着响起，她迅速把木门打开，让丁汝成闪入，再迅速关上。小巷又安静下来，就像一颗石子沉入水中，细小的水纹散去，水面又恢复了平静。

酒菜是早已摆好了的，苏北一带寻常人家里常见的那种圆桌，周边是镂空的雕花，凳子隔着圆桌相对而放，没有过多的客套和言语，两人分头坐下。小桃红说了声"谢谢你能来"，她端起酒杯，举过眉头，仰头，喝干。喝的是窑湾产的绿豆烧酒，味甜，容易入口，可也容易上头。等酒劲上来后，是丁汝成主动把凳子挪了过去，挨了小桃红坐在一起。四更天，远处的夜市依然热闹，丁汝成的头，靠在了小桃红的颈窝里。

“看大王在帐中和衣睡稳，我这里出帐外且散愁情。轻移步走向前荒郊站定，猛抬头见碧落月色清明……”小桃红柔婉的嗓音如水银泻地，让人听了心里泛起阵阵涟漪。

那天夜里，丁汝成梦见自己成了西楚霸王。

十

即使是像窑湾这样领风气之先的重镇，在二十世纪初，也很难接受小桃红与丁汝成那样的姐弟恋。都说“女大三，抱金砖”，但那是父母之命，媒妁之言。像丁汝成这样的小伙子，真要找一个大自己十多岁的歌伎，还是会让镇上的人不太习惯。关键是，身子尚单的丁汝成也缺乏勇气和信心，最终，心灰意冷的小桃红归隐佛寺，去了马陵山上的碧霞宫，脱离红尘，与青灯为伴，做了一名比丘尼。

当年，也许是因为年少失恃失怙，才会让丁汝成对小桃红产生特殊的依恋之情。皈依碧霞宫的小桃红离开窑湾，走得无声无息，却把丁汝成的魂带走了。有那么几年，喧嚣热闹的窑湾镇对于丁汝成来说，就像是一座死镇，毫无生机。一切都提不起他的兴趣。丁汝成神思恍惚，演出时唱腔常常走调，好几次都收到观众的嘘声，连班主越玉生都以为他要从此沉沦下去。

直到大赫五家的如玉出现。

以前不是没见过如玉，是没注意过。位于河北街的赫氏蜡染坊，丁汝成经过的次数不下一百次。前店后坊的结构，染坊在后面的院子里，前面则是一个蜡染布店。那时，受限于纺织技术，布店卖的布，大多是靛蓝染的布和白布。除了华丽的丝绸，蜡染算是高档的布料了。天晴的日子，赫氏布店外面，高高的晾架上会垂落下来一匹匹蜡染布，有青色的花纹和红色的花纹，与颜家铁匠铺窗楣上挂着的铁器一样，这些蜡染布都是活广告。

平时，店里看不到大赫五，他在后面的作坊

里指挥工人们漂染，害怕有人把他家传的技术偷了去，用蜡刀蘸蜡液在白布上绘画的这一道工序，大赫五向来亲自做。画的除了几何图案，就是一些花鸟虫鱼，这本不难，难的是蜡液涂抹的厚薄与多少，这直接关系到冰纹形成的效果。坐在店里的，通常是大赫五的妻子以及他的女儿如玉。

关于丁汝成与赫如玉的相识，马冰清曾经听她的曾外祖母赫如玉亲口说过："当年的窑湾，你曾外祖父不但戏唱得好，长相也是数一数二的俊！"

也许是命里注定的姻缘，那年春天，丁汝成在路过赫家染坊时，突然刮起了一阵大风，晾架上的布料翻卷起来。害怕布匹被风吹走，赫如玉慌忙从店里冲出来，伸手去拉晾架上的蜡染布，但大风卷起的布匹像蚕茧一样把她裹了起来，她什么也看不见，小姑娘跌跌撞撞，根本站不稳，是丁汝成过去帮她把布匹收回店里的。

大赫五从后面的院子出来，热情地邀请丁汝成坐一会儿，还让如玉给他上了一杯茶。寻常的茶盅，如玉端过来的时候，她的一双手让丁汝成的心里紧了一下。自从小桃红离开窑湾以后，还从来没有什么东西能够让他的心脏猛地一缩。那一双手让丁汝成的身体突然有一些僵硬，表情也不自然起来。

像是从漫长的冬眠中苏醒过来，丁汝成闻到了空气中一种奇怪的味道，那种味道让他突然有一些慌乱。本来，作为“蓼风轩”戏班里的当红小生，丁汝成可以说是泡在脂粉堆里长大的，见到年轻的姑娘并不怯场，但在赫如玉这里，他变得紧张，嘴笨，说话结结巴巴。

进入戏班唱戏十多年了，遇到大型的船帮停

靠在窑湾镇边的大运河上时,或者商会有重大的活动时，常常会有几个戏班同时被邀请去唱戏，所以窑湾镇上的那些戏班、小生和花旦彼此都很熟悉。戏班里也有长得乖巧的姑娘,她们较早接触风月,与普通的良家女子相比,早早就掌握了一套撩人的把戏,但是眼风、身姿和暗示,在丁汝成这儿都不起作用。当然,时常用身子撩拨丁汝成的,还是镇里几个妓院的花魁,她们风情万种,自信能搞定天下所有的男人。有时碰到那种有情调的客人,入夜之前愿意做一些铺垫渲染一下气氛,她们就会提出去"蓼风轩"听《马陵道》。曲终人散,丁汝成穿着戏装下来答谢来客,那些姑娘甚至能够当着她们恩客的面，公开挑逗丁汝成,伸手去捏捏他粉嫩的腮帮,或者用洒了香水的手帕扇在他的脸上,只要见到丁汝成躲闪和窘困的样子,她们就非常开心。

赫如玉的模样谈不上好，当然也不能说差，普普通通的一个姑娘,普普通通的长相。但她的那双手一直让丁汝成着迷。纤细又丰润,洁白又有生机,小巧、灵活,无论动和静都是那么妙不可言。有时,丁汝成会想,这双手要是配在小桃红的身上,那真不知道会是怎样的美妙绝伦。

婚期很快就订了下来。过门的那天,赫如玉的嫁妆,无论是箱笼、茶盘,还是脸盆、镜子,都贴上了她的剪纸,有二龙戏珠、八仙庆寿、观音菩萨坐莲花,尤其是装被褥的紫檀木箱上,贴着的是《白蛇传》的剪纸,许仙、法海、白娘子和小青,每个人都像活了似的。赫如玉告诉过自己的重外孙女马冰清,按照窑湾人的习俗,大婚的这天,是要请戏班来唱戏的。以往,都是丁汝成唱给别人听,这天他大喜,只能与如玉在洞房听“秋霞阁”的伍云唱《西厢记》。

小桃红走了以后，在窑湾，除了伍云能唱《西厢记》里的崔莺莺，“紫菱洲”戏班一个叫李秋苹的小姑娘也能唱，但两个人的唱腔比起小桃红差远了。在那个遥远的洞房花烛之夜，丁汝成听到那熟悉的唱词，想起了马陵山上与青灯做伴的小桃红，也许会感到一种难以排解的惆怅。

十一

马冰清的祖母丁蜡梅是个遗腹子,她出生以后从来没有见到过父亲，有关父亲丁汝成的一切,均是母亲赫如玉告诉她的。

或许是当年在大运河边听小桃红说从窑湾坐船可以抵达上海,二十七岁那年,丁汝成坐上了洋人的小火轮,顺着大运河,一路往东南,去了当年的十里洋场。第一次去到远比窑湾镇繁华的大都市,漫长的水路行程,丁汝成时常想起小桃红来。千里水路思绪万千,到镇江后,丁汝成转乘通往上海的大船,江面变得宽阔起来,宽阔到两岸的小镇和村庄看上去都是那样的模糊。

在上海虹口上的岸。苏州河上,乍浦路桥正在修建,桥身已经建好,两侧的支架尚未拆除,它庞大的体量让丁汝成吃了一惊，抬头再看四周的高楼，挺拔、雄伟，都不知道是怎么修建起来的，难怪窑湾镇只能被称为“小上海”。

沿途寻找住处，走过了乍浦路、天潼路、熙华德路，最后住进了百老汇路口的礼查饭店。命运在那时已经有了暗示。途经熙华德路时，丁汝成看到九大药坊的房顶上有高高的晾架，他猜测药坊的后面一定是个染坊，那个晾架上搭着色泽鲜艳的蓝印花布，从上面垂落下来有如古代皇帝戴在头上的冠冕。丁汝成驻足眺望，眼前的布匹让他想起了窑湾赫家的染坊，想起晾架上垂落下来的那些蜡染布匹，甚至短暂想起了赫家那位时常去“蓼风轩”听他唱戏的小姐。丁汝成只是没有想到不久之后，他竟然会成为染坊老板大赫五的女婿。

找到落脚之处，安顿下来的丁汝成迫不及待

出了礼查饭店,在大街上东张西望。这座城市的一切都让他感到新奇,难怪当年小桃红会对它那样向往。或许是职业原因,那天晚上,丁汝成走进了离驻地不远的虹口大戏院。他发现这儿的戏台与窑湾的不同,观众的座位比戏台要高,这让丁汝成觉得别扭。在窑湾,他所在的"蓼风轩"戏班的戏台,不仅比观众坐的地方要高,而且木制的屏风将前后台分开。每一次进戏院,一抬头,丁汝成就能看到戏台上端的直匾,上面颜体书就"半入云"三个大字,端正、庄重,匾额的四周雕饰有各种龙凤花卉。左右两侧的台柱上,那副对联丁汝成一直铭记于心:天地无私,贵贱皆为角色;古今如梦,往来只换衣冠。

而上海虹口大剧院的戏台,上面空空如也,只拉了一块大大的白布,看上去有些简陋。

尽管在戏台上唱了十多年的戏,但是当默片

《盘丝洞》开始放映时，丁汝成还是大吃一惊。他想不通幕布上的人为何会动，像真人一样。早些年，他刚到窑湾的时候，西大街临近运河的空地上，正在兴建一个规模巨大的天主教堂。主持教堂修建的德国神甫在丁汝成看来，完全就是一个怪物，个头高大不说，还一头卷曲的头发，蓝色的眼珠，高高的鼻梁，手臂从黑色长袍下裸露出来的时候，还能看到上头密密麻麻金黄色的汗毛。

神甫从遥远的德国带来了一架“西洋镜”，是一个四面都有两只镜洞的大箱子，就放在界牌楼前，只需交一个铜板，就能从两个玻璃孔洞中见到里面的幻灯片。一旁的黑板上，用粉笔写着：今日上映海外大片《猫与老鼠称兄弟》《大鲤鱼逮小鸟》。后来，入乡随俗，西洋镜里的幻灯片增添了中国故事：《猪八戒背媳妇》《武松打虎》，但镜子里的内容单调，又没有声音，只能靠幻灯片下面的那行文字来解说。

默片《盘丝洞》给丁汝成带来的冲击远比第一次看到“西洋镜”要大,他发誓要搞清楚唐僧师徒为什么能够爬到幕布上不掉下来。就为这个,他在虹口大戏院待了几天。一开始,他怀疑唐僧师徒四人是不是藏在白色幕布后面,但是悄悄绕到幕布后,丁汝成发现戏里的人,还是挂在幕布上,就像是几个人的魂魄在幕布上显灵,神奇得如同一个魔术。

直到他用两块银圆贿赂了戏院的放映师,那个一直拒绝丁汝成进入屋子的放映师才和颜悦色起来。他让丁汝成看了他视为宝贝的百代九点五毫米手摇电影放映机,还让丁汝成摸了摸。“法国产的呢!”放映师很自豪地说,“新鲜玩意儿,可宝贵了,阿拉上海,现在就只有这一台。”

但对小胶片上那些隐约的图案怎么会变成

幕布上会动的人，丁汝成把脑袋想疼了也找不到答案。两块银圆终究还是起了作用，他被允许留在放映室里，看放映师是如何装片、换片、放映，并加以解释，这才渐渐明白了这个新鲜玩意儿不是魔术，而是电影。

从大戏院回到礼查饭店，丁汝成一直难以入睡。默片《盘丝洞》带给他的震撼太强烈了，以至于闭上眼睛依然有唐僧师徒西天取经的情景。而他在大剧院里看到的美人蕉留声机，更令他开了眼界：一个旋转着的碟片，声音从巨大的喇叭里传出来，有《四郎探母》《捉放曹》《洪洋洞》，就像是那个小小的黑匣子里躲藏着无数的小生和花旦。这让他想起了十二岁离开土城的那个夜晚，在马陵道上，大雾中，他听见的兵戈声。

那一年，丁汝成在上海待了一个多星期，离开时，他已经从默片《盘丝洞》里看出了端倪，并为此深深着迷。他发现几天前让他大惑不解的电影，其实就是一张张闪过的幻灯片。“一秒钟闪过十六帧，”放映师很内行地说，“银幕上见到的人就会像真人一样。”

应该是二十四帧。几年以后，丁汝成在窑湾琢磨他的剪影戏，一遍遍地试验，他发现，一秒钟得闪过二十四帧，银幕上的人，动作才能与现实中的一样。

十二

如果不是娶了蜡染布店老板的女儿，丁汝成不会想到去弄剪影戏。婚后，赫如玉带来的嫁妆上所贴的剪纸，已经让丁汝成感到意外。运河流到窑湾一带，无论是镇上还是乡村，剪纸都是姑娘出嫁前，除女红之外需要掌握的一门技术。花草鱼虫、日月星辰，都会有姑娘剪得不错。

结婚之后，每天晚上，丁汝成还去越玉生的“蓼风轩”唱戏，但他时常会想起婚前的上海之行。赫如玉出神入化的剪纸让他想到，有没有可能创造一种剪影戏？丁汝成找到窑湾美孚石油公司的经理顾·彼德，他是个法国人，天主教徒，礼貌、和蔼，遇到稍微熟悉的人就先笑，每个星期天都会到大教堂去礼拜。丁汝成托他从法国返回的时候帮忙买一台电影放映机，另外还要一些透明的胶片。

两个人当时还没有孩子，赫如玉每天都有大把的时间，按照自己在戏班听到的故事，用一把金黄色的小剪子，剪红娘、崔莺莺、虞姬和窦娥。除了剪纸和伺候丁汝成，赫如玉的其他时间就用在吃斋念佛上。

一直没怀上孩子，赫如玉什么偏方都试过了，肚子一点动静也没有。丁汝成不急，赫如玉却非常苦恼，她甚至建议丁汝成娶个小妾，百年之后好有人承续香火，但被丁汝成拒绝了。丁汝成曾经对赫如玉讲过自己的家世。时隔许多年，每当他想起大娘来，身子还会不停地发抖。

"我这辈子是不会纳妾的！"他拥着赫如玉说道。

两人卧室的右边，是一道窗子，左手进门有

一块空地，赫如玉先是剪了一幅送子观音像贴在墙上，后来觉得不够恭敬，又在镇上的庙里请了一尊观音菩萨回来，木雕的，请人做了供台，每天都敬香，敬水果。赫如玉很虔诚，每次在观世音菩萨的像前跪拜，她都会净手，换上洁净的衣服。

“弟子现在受到苦恼，祈愿观音菩萨，千眼照见，千手护持。加持弟子能求得福德智慧之子，弟子发愿以后每天念《普门品》……”每一天，都能听到赫如玉跪在蒲团上低声祈求。

直到有一天，有人告诉她，马陵山的碧霞宫烧香灵验，赫如玉才第一次去了那个地方。恰好是春天，万物复苏，路边不时能见到开得繁盛的桃花和李花。两个轿夫抬着，使嘴的丫鬟步行跟在轿子后面，赫如玉还从父母的染坊要了个年轻的伙计跟着。一路上，赫如玉不时掀起轿帘，往外面眺望。十二岁从马陵山逃到窑湾镇的事丈夫给她讲过多遍，她担心从马陵道经过的时候，也会碰到大雾弥漫和过阴兵。

两个轿夫在这条道上走了许多年，熟悉这条路的每一道坡坎，他们告诉赫如玉，阴兵从马陵道上过的事，通常只发生在晚上。大白天，他们走过几百次了，从来没有遇到过。

碧霞宫的净尘，赫如玉小的时候见到过。她还是“秋霞阁”当家花旦小桃红的时候，唱虞姬，唱崔莺莺，还唱过《玉簪记》中的陈妙常。陈妙常原在金陵女贞观的出家，与赶考书生潘必正一见钟情，历经磨难最终修得正果。小桃红扮陈妙常时，也许没有想到，此生会去碧霞宫削发为尼。赫如玉还有印象，有那么一段时间，丁汝成与小桃红的事弄得窑湾尽人皆知，成为镇上戏迷们饭后的谈资。赫如玉婚前也曾在意过这件事，后来问过丁汝成，丈夫不愿多谈，渐渐她也不再挂在心上了。现在去碧霞宫烧香，赫如玉一门心思在怀孩子上，已经不太在意丈夫与那个老尼的传闻。

不知道是有人走漏了消息，还是如今的净尘有了非凡的法力，当赫如玉一行人来到碧霞宫前，净尘已经等在那里了。与记忆中的小桃红判若两人，眼前的净尘面皮白净，超凡脱俗。轿夫被打发走了，随行的伙计被安排去了泉潮律院，碧霞宫只给赫如玉和随行的丫鬟安排了庵房。已是黄昏，碧霞宫一片静谧，太阳西下，阳光在地上投下庙檐长长的影子。净尘把赫如玉带到大殿观音菩萨的圣座前，跪在蒲团上。净尘手持佛珠，低声祷告："大慈大悲救苦救难的观世音菩萨，有施主受到求子困扰，祈求您加持，《法华经》说，若有众生，受诸苦恼，闻是观世音菩萨，一心称名，观世音菩萨即时观其音声，皆得解脱。"说完，她伸手抚摸了一下赫如玉的头顶，转身出了大殿，轻轻地把门带上了。

赫如玉在碧霞宫住了三天，每天祷告结束，净尘都带她逛马陵山。回到窑湾镇以后，赫如玉用剪刀记录了她去马陵山求子的过程，有碧霞宫善男信女赶庙会的情景，有山顶泉潮律院鳞次栉比的建筑，有三仙洞，有乾隆爷御题的“第一江山”，还有净尘比丘尼的剪影。虽说赫如玉曾看见小桃红在戏台上扮演虞姬已过去多年，但她还是在一张三尺红纸上，将虞姬歌罢自刎情景剪得活灵活现，尤其是虞姬的侧影、身姿，一看就让人想起鼎盛时期的小桃红。

本以为会很快怀上孩子，可肚腹依然紧凑，没有一丁点人们所说的怀了孩子的迹象，不想吃酸东西，也不发呕，一切和往常没什么两样，赫如玉不由得沮丧万分。后来，还是丁汝成帮她解开了心结。“我梦到观音菩萨了，”一天早晨，丁汝成醒来，对正跪着念《普门品》的赫如玉说，“菩萨说了，你只要帮我剪完《马陵道》，就赐儿子给你。”

以前，赫如玉也曾跟着母亲去听过戏。她喜欢听的是《西厢记》和《牡丹亭》一类的故事，关于《马陵道》，在嫁给丁汝成之前，她虽然听过，却没有认真听它的唱词。在她看来，《马陵道》讲的是一对师兄弟反目成仇的故事，血腥、残暴、凶巴巴的，听过之后害怕，晚上连觉都睡不好。但成婚之后，丁汝成固执，执意要教会赫如玉《马陵道》的唱词，每当有《马陵道》演出，他必定带赫如玉一起去听。花了两三年工夫，赫如玉不仅能够用小生的声调唱《马陵道》，她还真给丁汝成用纸剪出了《马陵道》。按透明胶片的尺寸剪的，同一个场景里，每一帧都相似，但又有些细微差别，丁汝成粘贴的时候数过，有上万张之多。

如愿以偿，赫如玉果真在完成《马陵道》的剪纸后怀上了孩子。

十三

一九四〇年以前，窑湾镇没有人知道湘记百货店的老板朱廷湘是日本人，原名叫伊藤正夫。他多年前来到了窑湾，在中宁街上开了湘记百货。店面虽然不大，却是五脏俱全，除了卖搪瓷盆、口缸、刀剪、洋皂、洋火等日用百货，还卖绸布。他卖的绸布，色泽鲜艳，布上的那些海棠、月季、荷花以及玫瑰，看上去就像真的一样，引得窑湾有钱人家的女人，做梦都在逛湘记百货店。当然，价格也不是一般人家能消费得起的。朱老板的百货店，不二价。他告诉窑湾人，他有渠道，能从当时上海最大的先施百货公司进到各种流行的东西。

朱老板的生意红火，他雇的几个店员也特别敬业，所以百货店也不要他操太多的心。平时，他胸前挂着一个徕卡相机，在窑湾周边游荡，偶尔抬起相机来拍几张照片。几年时间，他摸清了窑湾镇上每一家商号、酒肆、粮行、钱庄的营业情况，掌握了数以百计各种作坊的产出，了解了窑湾镇以及周边张楼、王楼，运河对岸胡圩、黄墩的各种物产。举个例子，镇上最有名的赵信酱园店，它在南京和镇江两个分号的收支，他甚至比店主还清楚。此外，他还成功地为丁汝成买到了一台西门子发电机，带回来的那天，镇上的人都来看稀奇，尤其是夜晚，发动机轰鸣，剧场台子上悬垂着的那只灯泡，可比马灯亮得太多了。那是一台一千瓦的小型发电机，专供电影放映用。那是一九三三年，窑湾镇商业繁荣，每天都有数以千计的人沿着运河而来，像鱼群一样，消失在窑湾这座声名远播的温柔乡。丁汝成的光明剧场开设在戒赌桥的那一边，位置比较偏僻。但是这个稀奇的玩意儿还是让窑湾人趋之若鹜。唯一的遗憾是,幕布上的图像与幕布下那个开着巨大喇叭花的留声机里发出的配音,总是很难完全同步,但是好奇心让绝大多数的人忽略了它的不足。

二十世纪三十年代初,歌舞升平的窑湾,人们认为朱廷湘是个脾气温和的生意人,他会说武汉话,还是个戏迷,熟悉窑湾十七家戏班里的每个老生、小生和旦角,当然也熟悉另外十多家妓院的营生。一九三八年,日本人进入窑湾后,他还做了一桩在当时引起轰动的皮条生意。为此,他的湘记百货店受到日军的特别保护,在许多商人关门逃走之后,湘记百货店仍然正常营业,而且生意越发红火,成为日军当时在窑湾镇试图建设“大东亚共荣圈”的典范。

江苏整体沦陷的那一年,日本人没有费一枪一弹就占领了窑湾。几乎是一夜之间,运河大堤北边的青色砖墙上刷满了标语:“天皇万岁”“建立大东亚共荣圈”……短暂的动荡之后,这座古镇又恢复了往日的平和,并且呈现出一种虚假的繁荣。日本人有意将这个水陆码头建成治安典范,尽管生意相对之前已经冷清不少,往来窑湾的商贾也骤减,但主政窑湾的日本人大垣一雄少佐要求,不管生意如何,每一家戏院都要照常营业,偶尔,他还会带着他的日本兵去捧场。

占领窑湾的日本人,征收王家的当铺做了维持会的办公地点,而五十多个日本兵的营房,与丁汝成的光明剧场就只有一墙之隔。都说衙门口无生意,窑湾本地有人过来看剪影戏的时候,碰到几个喝得醉醺醺的日本兵,他们抬枪就打,所幸酒喝多了,没有打中。自从日本人来了之后,光明剧场的生意日渐惨淡。尽管如此,为了讨好大垣一雄,日本人刚驻扎过来的时候,丁汝成还专门给他们放了专场，放的自然是剪影戏《马陵道》。

第一次看剪影戏，那些脸上稚气未脱的日本兵看得津津有味，东方大国发生的古老故事，一些受过教育的日本兵偶有所闻。尤其是大垣一雄，他迷恋上了剪影戏，不时就会摸过光明剧场来听戏。门票，丁老板自然是不敢收，还得给他专门腾个雅座，配些瓜子、点心和茶水。

大垣一雄对《马陵道》拷贝上的剪纸赞叹不已，称赞这是他见过的最为精美的纸艺杰作。尤其在得知那些剪纸出自丁汝成的妻子之手后，大垣一雄抱过来一厚沓红纸，让赫如玉给他剪《三国演义》和《水浒传》里的人物。逢到元日，也就是中国的春节，他还会要求赫如玉给他剪窗花，一副入乡随俗的样子。因此窑湾镇上，人们都说湘记百货的朱老板、光明剧场的丁老板，两人都是“皇军”的红人。

十四

与光明剧场日渐冷落的生意形成反差，湘记百货的生意丝毫没有受到战乱的影响，生意比日本人到窑湾前还兴隆，尽管价格高得离谱，但有些东西是生活必需品，还得买。所以，朱老板情理之中就做了维持会的会长。在他的大力维持下，窑湾镇上那几家洋人开设的商号也照常营业，只要他们有本事弄到紧缺的洋油、猪鬃、医疗药品、布匹和稀有金属，朱会长总是能让那些来源神秘的物资顺利出手，并让那些提供货物的商家获得丰厚的利润。直到一九四五年八月日本无条件投降前，湘记百货店的功能，实际上就是通过窑湾繁荣的商贸，替日本人组织必要的军需物资。

后来，丁汝成发现一个奇怪的现象，如鱼得

水的朱会长在大垣一雄面前极为谦卑，每说一句话，他的身子都要矮一下，满脸还堆着谄媚的笑，大垣一雄则做出倨傲的样子。但只有两人在的时候，情况似乎颠倒过来。在维持会，丁汝成亲眼看到大垣一雄双手给朱会长敬烟，给他点烟时也一脸的仰慕，完全没有了人前趾高气扬的做派。直到有一天，他听到两人用流利的日本话交流，站在屋外的丁汝成才像是悟过什么来。

发现丁汝成偷听的，是朱会长。但出门查看的，却是大垣一雄。那一次丁汝成到维持会，是想请朱会长帮他买点洋油。美孚的戴维斯、亚细亚的威廉、五洋的亨利都说，他们的洋油只能卖给朱会长。没有油，发不了电，丁汝成的光明剧场就要关门，他心急如焚，贸然闯入。他没有想到大垣一雄会在维持会，更没有想到朱会长能说一口流利的日本话。

更为尴尬的是，丁汝成的出现，让大垣一雄被迫迅速改变角色，但他还没有从刚才的语境里摆脱出来，因此在告辞的时候，他称呼的不是朱会长，而是伊藤君。是听到朱廷湘的鼻音后，他才慌忙改口称朱会长的。

简短说明来意，朱会长很干脆，答应给丁汝成弄几桶洋油。他的脸上堆满笑意，一如既往让人感到亲切，还发了支哈德门香烟给丁汝成点上。他简短地询问了光明剧场的营业情况，感慨乱世，什么生意都不好做。

日本人来到窑湾以后，《打渔杀家》是不能再演了，因为里面反抗的味道太浓，而《四郎探母》是每一家戏班都必须演的，原因当然是有利于中日亲善。当时的窑湾小学，日本人对老师教什么不教什么做了严格规定。丁家骐就记得小的时候写过的作文《日慰信》，主要的内容就是“皇军”辛苦、“大东亚”共存共荣什么的。

从维持会会长的办公室出来，跨门的那一瞬间，丁汝成狐疑地回过头去，恰好看见朱会长阴鸷的眼神盯着他的后背，他当即身子僵硬，吓出了一身冷汗。

也就是从偶然知道朱会长是日本人的那天开始，丁汝成就预感到要出事，但不知道会出什么事。他的紧张和不安传递给了妻子，使得赫如玉每天都跪在蒲团上求观音菩萨保佑。念的不再是《普门品》，而是《金刚经》或者《大悲咒》。自从帮丈夫制作完《马陵道》的剪影戏后，她的肚子就再也没空过。短短的几年时间里，她生了三个儿子，眼下肚子里还怀着一个。赫如玉希望是个女儿，布店出生的女人，有一手好女红，她梦想着能够给女儿缝制好看的衣服。

终于有一天，大垣一雄再次登门来了，这是

丁汝成意料到了的。他十二岁离家来到窑湾镇，年纪轻轻寄人篱下，这让他比一般人更敏感，也更懂得察言观色。在丁汝成的堂屋，宾主在八仙桌的两旁坐定，得到示意的下人还专门泡了一壶明前的龙井，用的是景德镇天义华瓷坊产的青花玲珑瓷，杯体上有一些半透明的米粒，大垣一雄感到很神奇，将那只装了茶水的杯子放在手中认真把玩。

“丁老板是位遵纪守法的良民哪！”大垣一雄低头喝了一口茶，抬起头来时满脸笑意，“应该为建设‘大东亚共荣圈’做点贡献，你说是不是？”

“一雄太君的意思是……”丁老板摸不清楚这个日本少佐来的意图，他心怀忐忑，一头雾水。

大垣一雄说他来到窑湾后，对中国文化有了更深的了解，尤其是看了多次《马陵道》，也听了《马陵道》的戏，他有了一个想法。

“丁老板，你说孙膑与庞涓本是师兄弟，为何后来非要弄得个你死我活？”大垣一雄说，“我的士兵们来到中国，不是为了战争，而是为了和平，为了‘大东亚共荣’而来！”

“太君的意思是……”丁汝成心里打鼓，不知道这个日本人口袋里卖什么药。

“我在你的剧场看过《马陵道》，能不能不要那么血腥和暴力？”大垣一雄微笑着说，“再过一个月，就是天皇的生日，那是我们每个得到天皇护佑的人的节日，所以，我准备在窑湾隆重庆祝天长节，为此我准备在丁老板的戏院，为窑湾的良民放映你的《马陵道》，只是结尾恐怕要修改一下。”

“怎么改啊？”这个提议让丁汝成不知所措。

“是这样，”大垣一雄放下茶杯，“你看，这个是孙膑，这个是庞涓，”他把自己的左手右手握在一起接着说，“两个人虽然有点误会，可最后冰释前嫌，像我的左手和右手一样，又成为朋友。”

“这怎么可能改呢?”丁汝成解释说，“历史上发生的故事，就是孙膑受了陷害，最后在马陵道上杀了庞涓报仇的啊！”

“历史也是人写的，”大垣一雄说了一句相当有哲理的话，并且为自己的这句话感到得意，“你的，不觉得，我们正在改写历史?”大垣一雄说“我们”的时候，用右手食指点着自己的胸口。

丁汝成知道，大垣一雄嘴里所说的“我们”，并没有包括他这个中国人。

十五

院子里很安静，天井右侧的围墙边，金属水龙头，每隔五秒钟就有一滴水掉落下来，水管下面的锑盆里，已经盛了半盆水，水滴落下，波纹向四面散开，好像是水中有一颗透明的小心脏在跳动。慈眉善目的老太太坐在屋檐下，她戴着一副老花眼镜，一头烫过的鬈发已经发白，感觉安静而平和。

午后时分，太阳当空，天井中阳光朗照的地方像一个梯形，特别耀眼，而瓦当与瓦槽投在地上的剪影也格外清晰。两个小时之前，我提着马冰清为她祖母买的糕点寻找到了这里，我讲明了来意，然后坐下来陪孤独的老太太聊天，引导她回忆传闻当中的丁汝成。

老太太就是丁汝成的女儿丁蜡梅,如今住在运河对岸的新河镇，自从母亲赫如玉去世以后，她就很少再去马陵山,去了,也不与自己的哥哥丁家骐联系。老人七十多岁,曾经做过新河镇小学的老师。据马冰清说,她奶奶一辈子谨小慎微,不善与人交往。

我对老太太说,这段时间我一直在马陵山和窑湾一带查找她父亲丁汝成的信息,想了解他当年创造的剪影戏。

“老人家，您不觉得它与剪纸动画片有很多相似的地方吗？”我说,“可惜它在二十世纪三四十年代出现过一阵就消失了。”

“我是遗腹子,对父亲没印象,”丁蜡梅说道,“你说的剪影戏我听母亲说过，但我从来没有看过。”

“剪纸动画片呢？剪纸动画片《猪八戒吃西

瓜》看过吗？”我问老太太。

“没有。”老太太将鼻梁上的眼镜扶正说。

“《金色的海螺》呢？”

“这个看过，‘文革’前看的。”

“那是一九六三年拍摄的剪纸动画片，第二年还获得了亚非电影节的卢蒙巴奖，”我不无遗憾地告诉丁蜡梅，“老人家，您父亲可惜了，他要不那么早就过世，那他发明的剪影戏，一定会进入中国电影史的。”

丁蜡梅望着我，似乎陷入对往事的追忆中：“你说的剪影戏，其实我母亲出的力更多，上万张的剪纸，花了她两年多的时间才剪完。”停了一会儿，丁蜡梅又说，“母亲告诉过我，说如果不剪出《马陵道》，她就怀不上孩子。”

“如果剪影戏保留下来，您母亲也会因为它进入中国电影史的。”我说。

“我母亲只负责剪纸，”丁蜡梅眯起双眼，仿佛这样一来，她就能看到身后早已远去的时光，“曾经有日本人来，要重金买我母亲剪的《马陵道》，说我母亲的剪纸了不起。”

“那是！您母亲的剪纸真是精美，我在您孙女马冰清那儿见到过几张，很难想象那么复杂的图案，她是怎样用一把剪刀剪出来的。”

“不是一把剪刀就可以的，”丁蜡梅说，“剪纸会用到不同规格的剪刀，还需要刻刀和垫板，有时还得借助圆规、尺子、铅笔、橡皮擦甚至订书机。”丁蜡梅做过小学老师，对这些教学用具如数家珍。

“您老也是剪纸的高手吧？”

丁蜡梅突然有些羞赧，说：“我从来没学过，母亲也没教过我，我不会剪，还不如我的孙女呢，她剪得好。”

丁蜡梅是遗腹子，父亲失踪半年后，她才出生。也许是从来没有见过生父，她对父亲格外好奇，年少时，她就有些偏执地收集关于父亲丁汝成的一切，他的照片、用过的烟斗、毛笔抄写的《马陵道》剧本、他留下的日记、早已失声的百代牌手摇电唱机……还有父亲点点滴滴的传闻。

正是因为丁蜡梅的讲述，我对丁汝成二十世纪在窑湾的生活才有所了解，从而也有了想象的依托。按照丁蜡梅的说法，她父亲丁汝成是一九〇〇年出生的，大她的母亲赫如玉刚好十岁。

在来新河镇之前，我不但去找过丁家骐，也去找过丁家驹和丁家骥，但都没有得到什么有价值的信息。在新沂市的香韵茶室，马冰清对我说，她奶奶家的历史一团乱麻，恩怨情仇根本理不清楚。她的大舅爷爷丁家骐，在她曾外祖父失踪的那年只有七岁，在窑湾镇上的初级小学上二年级，是从他的口中，日本人才得知丁汝成离开窑湾古镇后，去了马陵山。等后来长大，每当有人提及马陵山，提及上面的泉潮律院，提及一九四〇年初夏马陵山上的那场大火，丁家骐就会变得沉默。在他的另外两个兄弟看来，如果不是他透露消息，他们的父亲就不会死于那场大火，而他们的童年，就不会遭受那么多曲折。

“他们都不知道实情！”当我再次见到马冰清的时候，她告诉我说，她的曾外祖父当年失踪其实另有隐情！

十六

回到一九四〇年的春天。尽管丁汝成明白日本人大垣一雄的意图，却不愿意为他修改《马陵道》的情节。第二次再谈这件事的时候，就不是在丁汝成的光明剧场了，而是在王家当铺，也就是当时的窑湾维持会。当铺的窗口，正对着大门，柜台内外的高差很大，大垣一雄坐在里面的高凳上，丁汝成站在柜台外面，他仰起头来，只能看到大垣一雄的下巴。话还是上次说的那些话，可听起来就是觉得那么别扭。当然，有彼此位置高低悬殊带来的压力，更重要的是，这次大垣一雄的口气听上去不像是交谈，而是命令。

我后来查访过大垣一雄的信息。那个当年驻扎在窑湾的日军少佐曾在中国东北生活了多年，他的父母是日本最早开拓团的成员，民国四年（一九一五年）离开北海道，来到了黑龙江的方正县，住在伊汉通乡的吉兴村，也算是个中国通。当他以命令的口吻要丁汝成在天长节前把《马陵道》修改完，丁汝成就怀疑，是不是大垣一雄在听戏的过程中，把老是侵略邻邦地界的魏国，想象成日本了？丁老板当时还没有想到要离开窑湾，他知道胳膊扭不过大腿，假意答应大垣一雄，说改动剧情，需要一段时间排练，银幕上的影子倒好调整，但是唱腔，都唱过几百上千次了，要改过来，的确不是一天两天的事情。

丁蜡梅告诉我，她母亲为此还新剪了不少纸，但还来不及按修改的剧情将剪纸粘贴在透明胶片上，就出了事情。

一九四〇年三月的一天中午，就在窑湾热闹的西大街，离维持会不远的地方，朱会长被人刺杀了。据当时西大街的一些目击者说，他们看到朱会长从东边一路过来，不时还与碰到的熟人打招呼，可就在过了邮局不远，还没走到界牌楼，他就捂着腹部瘫倒下来，手中提着的一个洋瓷口缸掉到了石板路上，叮叮当当的声音立即引起了许多路人的注意。

人们围了过去，这才注意到朱会长灰色的长衫下面，有血淌了出来，顺着石板与石板连接的缝隙，流向了街边的低凹处。他头上的黑色礼帽滚落在一旁，斜靠在路边的沿坎上。阳光照耀着朱会长发白的脸，他的额头抵在光滑的石板上，眼睛半睁，一脸困惑。“杀人啦！”一个女人的尖叫声像警笛一样响起，就像朱会长是一颗即将爆炸的炸弹，围观的人群轰的一声散去，逃至街道两侧的房檐下。他们看到朱会长的脚一下又一下地抽搐，仿佛在费劲地蹬着一辆看不见的自行车。

窑湾沦陷两年之后，运河边这座人来人往的古镇和以往有了一些不同。能够感觉到波澜不惊的水面下，几股力量正在暗中较劲。有日伪特务，有军统的杀手和新四军的秘密情报人员。除此之外，还有那些痛恨汉奸而且不按常理出牌的江湖豪侠。朱会长命丧何人之手，在当时是个谜，后来也一直是个谜。因为直到抗战胜利，也没有人站出来为这桩刺杀案负责。直到死，人们都以为朱会长是个汉奸，而不知道他其实是个日本人。

消息传到宪兵队，大垣一雄下令封锁了窑湾镇的所有出口，开始清查嫌疑人。但就像是一粒沙子混进了一堆沙里一样，要将刺客从数以万计的人中寻找出来，这成了大垣一雄几乎不能完成的任务。他坚信，一定是有人透露了朱会长的日本人身份，才导致伊藤正夫遭人暗杀，因为附近无论是邳州、睢宁，还是宿州和沭阳，都还没有碰到维持会会长遭刺杀的事情。

丁汝成是大垣一雄怀疑的人之一。之前他一直觉得丁汝成就是个唱戏的，胆小，怕事，像女人那样长得细皮嫩肉。伊藤正夫曾经告诉过大垣一雄，说早在他到窑湾做生意之前，丁汝成就在这儿的戏班里驻唱了，听说以前他与一个大他许多的花旦的事闹得沸沸扬扬。但当伊藤正夫被人刺杀之后，大垣一雄总是觉得丁汝成哪儿不对，他怀疑是那天他与伊藤正夫在维持会里商量事情时，丁汝成发现朱会长是日本人。大垣一雄设下了一个圈套，他故意放风出去，说朱会长的死与丁汝成有关，然后派人秘密监视丁汝成，如果丁汝成不跑，那他的嫌疑可以排除，如果跑的话，那就脱不了干系。

戏院老板这个职业，接触的人三教九流，人来人往中，丁汝成的身份也变得扑朔迷离。隔着七八十年的时光，伊藤正夫的死更是成了一桩悬案，在我调查的过程中，丁家骐三兄弟都愿意相信当年维持会的朱会长被人刺死与他们的父亲有关，那样的话，丁汝成当年真在马陵山上的泉潮律院被烧死，就带了几分英雄主义的气息。但是我翻阅窑湾、马陵山以及现在新沂的许多历史资料，也无法确定丁汝成死于一九四〇年马陵山上的那场大火。

十七

我能够想象得到，维持会的朱会长，也就是日本人伊藤正夫被人暗杀以后，就有一把剑悬垂在丁汝成的头上，让他寝食难安。三十六计，走为上策。丁汝成决定找个地方避上一段时间。之前的半个月，他做过一个奇怪的梦。梦里，黑压压的蝗虫像乌云一样，顺着运河飞过来，遮天蔽日。那些昆虫振动着羽翅，密密麻麻落在了窑湾镇上。醒过来的丁汝成把噩梦告诉赫如玉，他担心有什么大事要发生。

做出离开窑湾的决定后，丁汝成开始秘密准备，他布下疑阵，放风说自己要去上海购买新式的电影放映机，又说准备搭船沿运河北上去北平学电影拍摄，而当丁汝成失踪以后，赫如玉曾悄悄对孩子们说，他们的父亲去了马陵山上的泉潮律院出家做了和尚。

当年，为了迷惑日本人，丁汝成是动了点心思的。他在逃离窑湾时，选择的是出南哨门，给人的印象是丁老板晚餐后出门散步，不久就会返回。那是一九四〇年四月一个平常的黄昏，丁老板吃过晚饭后，离开剧场，来到镇里的中宁街。途经颜家铁匠铺的时候，他还停下来，问店里的伙计能不能打一根大门的插销。铁匠铺宽阔的门楣上，挂着打制好的铁器，有铁勺、板铲、锄头、镰刀、耙齿以及船上用的铁锚与铁链。这些铁器，有的是专门定制的，打好以后，顾客还没来拿，就挂着当广告。屋子的一角，风箱呼哧呼哧鼓着气，极有节奏，炉里的火舌一伸一缩，舔着炭堆里的铁器。

气温日渐升高，再过几天就立夏了，铺子里

的伙计们上身都只围了一块围腰，赤裸的双臂强壮有力，他们挥开手臂，叮叮当当，火星从铁砧上四溅开来，明亮而短促，像流星。没有见到铁匠铺老板颜家驹，他是剪影戏的老戏迷，每个月，都会来听一出《马陵道》，他最喜欢的唱腔是楔子里的“腹隐神机安日月，胸怀妙策定乾坤”这两句，得意的时候还会摇头晃脑哼一哼。一个铁匠，还“腹隐神机安日月”，丁汝成摇了摇头，微笑着离开了铁匠铺。

落日的余光从南哨门那边斜射过来，阳光一点点往左边的木墙上退缩。按照奇门遁甲设计的窑湾，街道走向有如迷宫一般，常常会把不熟悉窑湾地形的外地人引向原地。仰赖大运河上千年的庇佑，这座古镇商贾云集，店铺林立，会馆钱庄比比皆是，鼎盛时期，周边的有钱人，常常乘船沿大运河来，在此逍遥几天，又意犹未尽地离去。

偶尔碰到迎面走过来的熟人，丁老板就与人家笑笑，问候一声，没有一丁点要失踪的迹象。等他穿出南哨门来到窑湾码头时，几百米外的天主教堂，塔楼上的钟声突然传了过来。空灵，激越，向四周悠扬地扩散开去。站在码头上，丁老板注视着眼前蜿蜒千里的京杭大运河，到窑湾这儿恰好半程。空气中弥漫着一股泥土的腥味，此时，与运河融为一体的骆马湖上波光粼粼，丁老板看到一些木船已停止航行，另外一些帆船，船工们正陆续将船靠在岸边，他们降下船帆，将铁锚抛在水里固定船位，随即，有炊烟在船上袅袅升起。

这是民国二十九年（一九四〇年）农历三月二十五的傍晚，也是窑湾镇的人最后一次见到丁汝成的日子。

在码头那儿站了一会儿，丁汝成无限留恋地环望了四周。有几个船夫说着话从他身后走过。

眼前的骆马湖,湖对岸已经模糊。自从大运河开通,这里便日过桅帆千杆,夜泊舟船十里。夜里三更后的“夜猫子集”,还得五六个时辰后才开始。当太阳从运河流来的方向彻底隐没,骆马湖的水面暗淡下来,依稀能见到湖面的帆船上透射出来的点点灯光。等暮色像条厚重的棉被覆盖了窑湾,丁汝成沿着运河大堤绕了个大弯,悄悄出了北门桥,消失在了通往马陵山的驿道上。

他这一走,就再也没有回来。

十八

关于七十多年前丁汝成离开窑湾前往马陵山避难的情景，没有当事人的口述，一切只能通过想象去还原。

月亮升起来了。残月，消瘦、冷清，第一次独自从这条古道上走过的时候，丁汝成只有十二岁，从马陵山脚的土城仓皇出逃，带着他父亲弥留之际写的一封信函，投奔几十里开外窑湾镇开酒铺的老板吴子期。

逃亡前，丁汝成的母亲突然暴病而亡。唱柳琴戏的母亲，十里八乡闻名的“二角梁子”，相当于京剧中的花旦，最后选择嫁给了丁汝成的父亲。不是正室，是做妾。“浣香斋”的当家花旦婉转的唱腔，让走南闯北的棉纱商人难以忘怀。面对丰厚的聘金和聘礼,“浣香斋”的班主无法拒绝。再说了,唱到二十八岁的玉香枝还是个破了身的老姑娘,再不嫁,也许此生最后的归宿将是某个尼姑庵。不过,最让玉香枝动心的,是棉纱商人家里虽然有正室,但只生了三个姑娘,没有儿子。虽然做妾,但万一提前给棉纱商人生个儿子,在丁家,玉香枝就能够母凭子贵了。

玉香枝的肚子也的确给自己争气。嫁到丁家的第二年,她真给棉纱老板生了一个儿子,也就是丁汝成。那一年天下不太平,先是义和团在运河以北杀洋人和教众,后来是八国联军进攻北京,老佛爷不顾颜面,带着光绪帝仓皇西逃。受惠于“东南互保”协议的签订,当北边一片血光时,棉纱商人的生意依旧兴隆。长子的出生让他大喜过望,满月的时候,他在家中大宴宾客,还专门请了窑湾江西会馆的“蓼风轩”戏班来庆祝。当天唱的戏就是《马陵道》。看戏的时候，襁褓里的丁汝成被大娘抱在怀里，他的生母却只能空着手偏居一隅。一直长到记事儿时，丁汝成都弄不清楚，大娘二娘，谁才是自己的亲娘。

真是有招弟的命。过了几年，大娘再次怀孕，竟然给他生下了一个弟弟，也就是从那个时候起，丁汝成敏感地意识到大娘对他的冷落。

丁汝成年少的时候，棉纱商人一年中有大半的时间在外面做生意，回到马陵山下的土城时间很少，每当娘儿俩受了委屈，娘就会坐在马灯下，给他唱《马陵道》。元曲里的《马陵道》，讲的是孙膑与庞涓同在鬼谷子手下学艺、手足兄弟最后反目为仇的故事。小的时候，丁汝成不明就里，他是后来发明了剪影戏，第一次演出《马陵道》时，才体会到母亲内心的悲苦和不安的。

想起母亲，她临死前的模样像烙铁一样，在

丁汝成的大脑里留下深深的印迹。声音婉转的母亲突然失声，她沙哑着声音告诉儿子，她的脖子那儿像是卡住了一块烧得通红的火炭，吐不出来，也咽不下去，等她开始呕吐的时候，整个屋子里弥漫着一股烂大蒜的味道，令人窒息。母亲是被人下了毒，许多年以后，他在参加完吴家大少爷的婚宴，与窑湾镇上悬壶堂的诸葛医生一块儿散步时，才从对方嘴里知道，母亲当年的症状极似砒霜中毒。此后，每当他的戏院演出《马陵道》，当小生郭长河唱道“我饮过这香喷喷三盏儿安魂酒，则被你闪杀我也血渌渌一双脚指头。刀落处鼻痛心酸，皮开肉绽，筋骨相离，鲜血浇流”，丁汝成就会想起母亲临死时的表情。

母亲暴病而亡，父亲瘫痪在床。母亲安埋的当晚，丁汝成连夜出逃的情景，的确与古时孙膑从庞涓的掌控下逃到齐国有几分相似。只是丁汝成当年没有想到，二十多年以后，在他不惑之年，他又不得不离开窑湾，远走他乡。

从窑湾通向马陵山的道路隐约可见，晚春的苏北，田野里的麦苗已长有尺余高，夜幕笼罩，道路两侧的杨树影影绰绰。古驿道，与二十八年前丁汝成从这条路上走过时没有太大变化。此后，丁汝成在这条路上又走过多趟，但再也不是在夜里行走。尤其是做了光明剧场的老板后，他每年都要去两次马陵山的泉潮律院，顺便他也会去律院旁边的碧霞宫。一次是农历三月十五，三天的庙会，碧霞宫外筑台唱戏，丁汝成和他的戏班会受邀前来，在马陵山上唱《马陵道》。

低矮的平原，隆起的马陵山算是可以俯瞰方圆百里的一处高地，碧霞宫的位置最高，站在戏台上的丁汝成一如既往地唱孙膑："想当初在云梦山中把天书习，定道是取将相能容易。谁知有这日，生把俺七尺长躯打灭的无存济。哎哟！天哪！甚日得遂风雷？也吐出俺这三千丈虹霓气。”愤懑、凄婉、悲怆，他是唱给天地听，也唱给两千多年前的庞涓与孙膑听，更是唱给山下土城里逼他出走的大娘听。自从十二岁离开山下土城老家，他就再也没有回去过，只有声音回去，他的委屈与诅咒回去。

当然，丁汝成的《马陵道》还唱给碧霞宫里的比丘尼听，唱给宫里的住持净尘听。“暑往寒来春复秋，夕阳西下水东流。将军战马今何在，野草闲花满地愁！”丁汝成的声音清越，穿过了寺庙里重檐叠柱的阻隔，传到了净尘的居堂。容颜像秋霜一样暗淡的净尘，闭着双眼，左手立掌于胸前，右手则敲打着椿木雕刻的木鱼。有一会儿，她从眼前的情景中游离出去，仿佛又回到二十多年前，在窑湾“秋霞阁”的戏台上，她替代虞姬唱出的绝望与无奈:“汉兵已略地,四方楚歌声。大王意气尽,贱妾何聊生!”净尘手中的木鱼槌突然一用力,敲偏,从木鱼侧身滑下,禅桌上发出沉闷的响声。

丁汝成其实很想与当年的小桃红再唱一次对手戏。净尘皈依之前,他在唱孙膑之余,曾悄悄学唱西楚霸王,但他的声音行家听上去还是带了几分稚气,缺乏项羽的那种雄浑。唯一的一次,西大街的天主教堂落成,德国神甫早几天就贴出告示,说星期天一早,可以去领圣餐。戏院里的人都看好奇去了,丁汝成去到“秋霞阁”,换上了西楚霸王的戏服,与小桃红在戏台上唱了一出《千金记》,秋水为神,小桃红的眼波不时荡来,柔肠百转的丁汝成唱得结结巴巴,惹得悲悲戚戚的虞姬也忍不住用长袖掩嘴而笑。

那是丁汝成第一次着妆唱《千金记》,也是最后一次唱。

夜里的马陵道上静寂无人，由南而北，当年的孙膑逃出庞涓的掌控，也正是让人伪装出西门，他却从东门潜逃成功，方才有马陵山里一雪前耻。丁汝成的这一招，学的也是孙膑，想象大垣一雄派兵围住他的剧场，抄个底朝天也找不到他，丁汝成就觉得那个日本人倒像是恼羞成怒的庞涓。丁汝成忍不住笑了，他停下脚步，对着黑暗的夜空唱了几句："一声喊将征尘荡起，急飐飐擗旌旗，扑冬冬操画鼓，磕擦擦驱征骑……"丁汝成的唱音戛然而止，他思忖，自己一个唱戏的人，只能在戏台上想象领兵百万，现实中却拿大垣一雄没有一点办法。

如果丁蜡梅所说的接近丁汝成失踪的真相，那么当年她父亲离开窑湾去马陵山的泉潮律院躲避，只是丁汝成的又一次金蝉脱壳。自从做了光明剧场的老板之后,除了农历三月十五,每年九月十九他也来,观音菩萨的生日,他来进香祈福,也带来布施的米和油。他与泉潮律院的当家住持登善是多年的好友,听他说要来律院静修一段时间,登善自是表示欢迎。

那一年,参加完碧霞宫农历三月十五的庙会回到窑湾,丁汝成就已经准备离开窑湾。只身出走并不难,难的是自己走了之后,如何安排剧场里的人应付接下来的麻烦事儿,为此他伤透了脑筋。

每一天,从运河上往来的帆船数以百计,任何一艘,都能带他远走高飞。但丁汝成还是耐心等到夜幕降临,等到西河街的巷道里传来妓女与客人的调笑声,他才踏上北去的驿道。那是先秦时期就开通的驿道,顺着它前行,天亮前,丁汝成就能抵达马陵山。

许多年以后，丁蜡梅告诉我，她的父亲当年逃到了马陵山的泉潮律院，但只住了短短的几天就离开了。至于他离开之后去了哪里，丁蜡梅说也许只有她的母亲赫如玉清楚。

不过，有一个信息也许值得重视。当马陵山上的泉潮律院以及一旁的碧霞宫遭到日本人焚烧之后，有消息传回，说丁汝成葬身于大火，但赫如玉并不怎么悲痛，她甚至连火灾现场都没有去，理由是她已身怀六甲。到了第二年春天，那时丁蜡梅已经半岁多，她后来听人说，整个夏天，她的母亲赫如玉每到夜晚就伤心哭泣，然后沙哑着嗓子唱《马陵道》，唱腔凄楚。

在白纸黑字的历史书里，一九四一年一月六日，离窑湾数百公里外的安徽泾县发生了震惊中外的皖南事变。丁蜡梅说，她怀疑父亲当年一定是离开了马陵山，而且很有可能在第二年发生的皖南事变中牺牲了。

这个秘密,我如今无法向赫如玉求证。遥想她当年在夏夜的垂泪,我猜测,也许是事变过去几个月,丁汝成牺牲的消息才辗转传到她的耳中。

“孙膑机谋不可当,庞涓空使恶心肠,两个刖足之仇何日报,少不得马陵山下一身亡。”

我仿佛又听到七十多年前的那个夏天赫如玉悲愤的声音传了过来。也许在她看来,丁汝成不是死在日本人手里,而是死在皖南事变中,相当于活生生又演绎了一遍《马陵道》,而且这种丧夫的痛苦还无法诉说,只能够借唱《马陵道》来抒发心中的悲伤。

因为丁汝成失踪,大垣一雄想用改编的《马陵道》为天皇庆生的念头也只能打消,也许那个时候,他才真正意识到伊藤正夫的死与丁汝成有关。既然伊藤君能够以朱老板的身份在窑湾潜伏多年，丁汝成未必就不会是新四军的谍报人员？他当时以为只要抓住丁汝成，他心中的疑问就能解开。

这是掩埋在时间湖底的秘密。多年以后，丁汝成的身份到底是什么已经不重要了。但我没有想到，当年作为侵略者的大垣一雄，战争结束以后回到日本，竟然会惦记着丁汝成发明的剪影戏，惦记着《马陵道》的拷贝上粘贴的那上万张剪纸作品。

遗憾的是，丁汝成发明的剪影戏最终没有被列入苏北地区的非物质文化遗产。没有了实物，也没有传承人，曾经在窑湾红极一时的剪影戏消失在岁月的风尘中，几乎没有留下什么有价值的痕迹。几个月的调查与采访，丁汝成这个人在我记忆的水面时沉时浮。感觉就像是灰云密布的天空，突然被谁拉开了一道口子，让人短暂瞥见云层后面的蓝天，但还没有看清晰，撕开的云层就迅速合拢，留下似是而非的传说，以及破碎而难以捕捉的往日留痕。

所有的“现实”都隐藏在历史深处

作者 喻向午、胡性能

喻向午(以下简称“喻”):性能兄好!提起你的写作,一些评论家评价说,胡性能不算是个“高产”的作家,在这个崇尚快的时代,他写得很慢,三十年来的创作实践,只写下了为数并不算太多的中短篇小说。这倒不是因为他才力不逮,事实上,胡性能是当下文坛不可忽略的小说家之一,他的小说虽不能说篇篇精品,但极少粗制滥造之作。这样的评价是比较中肯的。你写得慢,我的理解是因为你对小说艺术严肃、认真的态度，你力求文本的完美，发表后尽可能不留遗憾。你最新面世的中篇小说《马陵道》就是一个很好的例证。据我了解，《马陵道》二〇一八年上半年就已经完稿，并交给《大家》主编周明全。随后，经过再三考虑，你与周明全商量，用《鸽子的忧伤》换回了《马陵道》，因为小说没有让你完全满意，还可以继续提升，作品由此压了三年多，经过多次修改现在才得以和读者见面。你对写作的态度可见一斑。不论是以字数衡量，还是以作品的篇目计，你的写作都算不上非常可观，但评价一个作家是否优秀，并不取决于他创作的字数和篇目的数量，而是由作品的整体质量决定的。当下的文学语境，在评论家和普通读者看来，沉得住气，不被市场所左右，对文学依然抱有敬畏之心的作家更令人敬佩。

胡性能(以下简称“胡”):如果从小说的创作数量来说,我的确是个歉收者。发表作品三十年了,总共才写了不到四十个中短篇小说,平均每年还不到两个,的确写得太少。我也想写多点,但写不了。小说不仅是个技术活,还是个情感的活计、思想的活计和创新的活计,有的题材在心中酝酿了二十多年,至今没有写出来,主要是内心的那个触点没有找到。找不到那个触点,我写作小说时就会缺乏内驱力,这也是我没法高产的原因。就像几年前,我去重庆奉节采风,发现一位殡葬师的故事可以写成小说。他之所以成为殡葬师,是因为他跟着朋友去修乡村公路时,出了事故死了人。当天朋友回县城筹措赔偿的钱,而他被扣为人质,晚上与死者捆在一起,扔在路边,度过了此生最为黑暗而漫长的一个夜晚。此后他就再也没有去过事发地了，碰到事发地的业务，他都想办法回避。很难设想，如果换了我，那个寒冷而又恐惧的夜晚我是否能扛得下来？会不会疯掉？这个故事在我心里一直养着，直到有一天，我在大街上走着，突然意识到，人生的一些仇恨，是为了以后用来谅解的。这个发现或者说念头，让我找到了小说的触点。但不是每个故事都能迅速找到写它的理由。我还是觉得，再好的故事，后面都得有作者的精神向度，得有作者对生活最为独特的认知、理解和发现，这样小说写出来才会比较有意思。至于《马陵道》，三年多前本已给了《大家》，稿子交了，内心却总觉得不踏实，因此跟明全商量撤了下来。本已抬上花轿的“新娘”不嫁了，重新放回家里养着，就成了一件事情。我惦念着，记挂着，期待她能够在我的照料下变得更加可人。这几年，我一直期盼着《马陵道》这个故事能够分泌出让我眼前一亮的东西，让我对即将再嫁的“新娘”更有信心。现在她嫁到了《长江文艺》，我希望她出嫁以后，能够成为一个上得厅堂下得厨房的好媳妇。

喻：是的，二〇一八年我看了《马陵道》，心里也一直惦记着。读这部中篇小说，印象非常深刻的，就是作品的前半部分明显的魔幻现实主义色彩。比如马冰清九岁的时候，剪影戏《马陵道》的拷贝即将被出售，与曾外祖母赫如玉睡在一张床上，她所经历的那个诡异的夜晚；比如，第二天日本人大垣峻实携重金试图获得拷贝，当紫檀木箱的箱盖完全打开后，那些透明胶片以及上面的剪纸纷纷碎裂，瞬间争先恐后蹿出木箱，像一条巨蟒试图飞上高天，在屋子上空瓦解并化为碎屑；再比如，父亲即将离世,年少的丁汝成从家中逃亡路过马陵山古战场的经历。作品中的这些段落,既有离奇幻想的意境,又有现实主义的情节和场面,幻觉和现实相混,这些虚构的不可思议的“神奇现实”,与社会生活中的真实场景存在巨大差异,让人有一种神秘的、陌生化的阅读感受。在当代文学的语境中,魔幻现实主义算是一个新鲜玩意儿,作为一种流派被纳入后现代主义文学的范畴。在写作手法上糅合了象征主义、表现主义、超现实主义、意识流小说等等现代派文学的表现技巧,以现实为基石,以幻想推动叙事,形成独树一帜的魔幻色彩。在以上列举的几个片段中,这些特征都充分地体现出来。

胡:我生活的云南是一片神灵游荡的高原。也许对于其他地方觉得是“魔幻”的东西,在云南就稀松平常。作家阿城年轻时曾在云南插队，多年以后，他在《艺术与催眠》一文中，记录了这样一个故事：当年他在云南做知青的时候，乡下缺医少药，有个上海来的知青天天牙疼，听说山上的寨子有个巫医会治牙疼，一伙人一早出发，走了几个钟头，中午的时候到了那个寨子。那个巫医治牙疼的方法很特别，他让人取牛屎来，糊脸上，在太阳下暴晒，说把牙里的虫拔出来就好了。上海知青很犹豫，但牙实在疼得要命，只得任巫医在他脸上糊满牛屎，坐在太阳下暴晒。等牛屎干了，巫医把上海知青脸上的牛屎揭下来，奇迹出现了，上海知青的牙不疼了。这种事情写出来，是不是会觉得挺“魔幻”的？其实在云南，巫医用牛屎治牙疼还真找得到科学依据：牛吃百草，其中一些草比如青蒿就有消炎的功效，糊在知青脸上的牛屎，相当于加工过的中药，在太阳下暴晒，有利于药效渗透，炎消了，牙自然就不疼了。我也曾在云南的双柏县看到过神奇的一幕：在“虎文化节”上，一个毕摩，也就是彝族的祭师，将犁铧在柴火上烧红，然后伸出舌头，从烧红的犁铧上舔过。我至今还记得，当他的舌头舔过，暗红色的犁铧上留下一道浅黑色的影子，随即又因温度的恢复变得暗红。我至今也没想通，那个彝族祭师，是用什么办法来防止自己的舌头被烫伤的。也许正是在云南的生活经历，才让阿城认为艺术起源于巫。云南出土过许多极具想象力的青铜器，阿城甚至认为青铜器上夸张变形的图案，是巫师们服用了致幻蘑菇后看到的景象。每年的雨季到来，意味着云南食用菌子的季节开始了。云南人的菌子食谱里，有一种菌叫牛肝菌，这是一个大类，其中又分红牛肝菌、黄牛肝菌和黑牛肝菌。这三种牛肝菌，数红牛肝菌最香，但也毒性最大，如果炒不熟，炒不透，吃了很可能会中毒，中毒者眼前会出现许多异象，神秘莫测。更何况，我一直觉得文学，哪怕是现实主义文学，都不能只是简单地对现实进行呈现和模仿，甚至也不能止步于对现实中某些现象的归纳，而是要写出复杂现实在个体内心的神奇投影。那样的投影，是社会现实通过作家的咀嚼、反刍、消化，最终在心灵上留下的东西。

喻："魔幻"是人类文化共有的基因。从爱德华·泰勒的《原始文化》和詹姆斯·乔治·弗雷泽的《金枝》等人类学家的著作所介绍的资料来看，巫觋和巫术习俗遍布于世界各民族，包括欧洲在内。在诞生过《山海经》《搜神记》《西游记》《封神演义》以及《聊斋志异》等作品的国度，文学的魔幻基因其实是一直存续着的，而且还有丰厚的土壤。中国古代的巫觋之风盛行不衰,人们对认知极为有限的客观世界以崇拜和敬畏为主,在这种背景下产生的诡异神奇的文化,既生发出了现实主义精神,也充满了浪漫主义的想象。反映在文学上,作品必然自带神秘性和浪漫色彩。性能兄强调云南特有的地域文化所具有的神秘性,而且还曾到马陵山所在地区探访,对当地传统文化和民间传奇,以及古战场超自然现象的传说做了大量的记录。你从地域民间文化中汲取养分,开掘出了新的文化资源,并将它转化成创作资源。你的"魔幻"书写,在"万物有灵"观念的指引下,以原始意象的重构呈现了人物原初的心理和生活状态,进而揭示出中国人内心深处古老、隐秘的文化心理体验。从民间文化资源的纵深处出发,你的创作实践也接续了中国文学神秘叙事的传统。对于当下的文学创作，有一个问题需要重视，否则“魔幻”将是一个难题。进入互联网时代后，科学深入人心，大众受教育水平明显提高，对世界的认知突飞猛进。在社会现实生活中，魔幻现实主义的语境被压缩到了一个很小的空间，继续“魔幻”，已经很有难度了。不过，在任何时代，事物的神秘性都是客观存在的，因此，用丰富的想象和艺术夸张的手法，对现实生活进行“特殊表现”，把神奇、怪诞的人物和情节，以及各种超自然现象融入反映现实的叙事和描写中，把现实变成一种“神奇现实”都是可能的。难度在于如何做到幻象与现实的水乳交融，这需要作家不断地探索和尝试。中国人的传统文化和传统观念是“魔幻”的源泉，这依然是解决如何“魔幻”的突破口。当然，基于科技发展衍生出来的“科幻”，则是另外一个话题。凌虚蹈空，胡编乱造，没有语境，没有任何民族文化和社会观念、社会心理支撑的“魔幻”，肯定无法得到读者的认可。回到性能兄创作的话题，不仅仅是《马陵道》，像《恐低症》《乌鸦》等篇目，都具有魔幻现实主义倾向。这是非常有价值的创作实践，为当下魔幻现实主义文学的创作提供了新的案例和新的尝试。

胡：在中国大地上，云南高原是个特殊的存在。这个高原的特点是山脉众多，江河纵横。这些山脉与河流，将云南高原切割成一个个独立的物理空间，在遥远的古代，交通不便，信息难以沟通，生活在不同空间的人们往来不易，因此容易形成许多风格不同的文化群落。我到过北方的平原地区，那里的人们聚村而居，每个人一出生，就降落在一个社会里，所以他们从小就要学会与人打交道，与社会打交道。北方平原地区出生的作家，其文学创作大多表现人与人、人与社会的关系问题，这样的作家长于宏大叙事，是传统现实主义的写作高手，他们的写作通常是向外掘进。但南方尤其是云南这种地方，你会发现大山里有许多人家是单门独户的，他们一出生就掉进自然的怀抱，没有大社会可依托，碰到困难无法从社会获得援助，他们便会乞求上苍。所以云南作家的写作，常常会叩问人与神灵的关系问题。神灵在哪儿呢？神灵在心中，所以他们终身要解决与自己内心的冲突，表现在文学上，便是向内，写人内心复杂的体验。“魔幻”作为一种表达手段并非舶来品。中国的古典小说，无论是唐传奇，还是宋话本，乃至以《聊斋志异》为代表的笔记小说，都有着大量的“魔幻”内容。如果冥想、幻觉、错觉、预感等还是人类思维的权利，那么

“魔幻”就会是小说表达的选择。关键是这些“魔幻”的表达得有坚实的生活细节作为支撑。一桩极为荒诞的事,如果有了有说服力的细节支撑,就会成为生活的可能。伊塔洛·卡尔维诺写过一部小说《分成两半的子爵》,一个人被炮弹炸成两半,但因为外科医生实在高明,对两半身体进行了完美的缝合,因此这世界出现了两个半边人。那篇小说的细节写得实在是出色,作为读者,愿意相信有这样的两个半边人存在。所以,我以为对于小说写作来说,“魔幻”为我们拓展了自由表达的空间,而“现实”又让我们不至于过于凌虚蹈空。这有点像风筝,可以在高空自由地飞翔,但它之所以能够飞翔,很大程度竟然是因为束缚它的那根线,那根与现实大地联系紧密的线。没有了这根线,飞翔的风筝就会坠落。因此,“魔幻”的表达,更需要作家有强大的写实功夫来匹配。

喻：再回到小说文本。《马陵道》可以看成是剪影戏昙花一现的发展简史，也可以看成是主人公丁汝成的个人传奇。如果从个人史的角度看《马陵道》，就会发现《消失的祖父》，甚至《小虎快跑》等作品都有类似的叙事倾向。这可以作为研究你作品的一个角度。有学者将史传视为中国小说重要的源头之一。《左传》《史记》等史传典籍，以及流传于民间的各种野史，不仅为中国小说积聚了丰富的叙事经验，同时也为中国小说提供了与史传传统相互缠绕的文体与修辞。对传记体的戏仿、挪用和拟用，揭开了中国现代小说的序幕。五四以后，传记文学与现代小说的文体“互渗”现象非常普遍。自传如谢冰莹的《女兵自传》、沈从文的《从文自传》、胡适的《四十自述》等，都可以见到作品的小说笔法，集大成者，是在二十世纪四五十年代成书的《苏东坡传》与《武则天传》，林语堂就是采用小说化的叙述形式创作传记。带有传记体色彩的小说作品，则更是蔚为大观。《阿Q正传》以一种陌生化的形式将传记体真正嵌入中国现代小说的修辞。《阿Q正传》发表前后，苏曼殊的《断鸿零雁记》、庐隐的《海滨故人》、郁达夫的《沉沦》、废名的《莫须有先生传》等传记体小说陆续问世。当代，余华的《活着》《许三观卖血记》，以及林白的《一个人的战争》、陈染的《私人生活》也都有传记体的色彩。这些作品，都凭借将传记体形式作为基础的方法，实现了对主人公内心生活的接近。在《马陵道》中，作品也移植了传记体的仿真叙事，可以将这一修辞手段称为对传记体的"拟用"。由于这种拟用，使存在于小说中的仿真叙事或多或少与抗日战争的历史背景、孙膑与庞涓的历史传奇、运河沿岸的历史故事，以及马陵山、窑湾古镇的人文地理环境构成了互文、互证、互释关系。其次，《马陵道》的叙事采用的是有限视角。“我”作为一种限制性的叙事视角，体现着“逼真”效果的叙事要求。“我”有重要的叙事学意义，可以达成作者、人物、读者的契合，掩饰作品的虚构性，也使作品带有传记体色彩的仿真叙事得到真实性与可靠性的确证。性能兄的这些叙事策略，强化了小说艺术的真实性效果。

胡：小说写作最根本还是要回到人身上。但是，当作家的追光灯打在人物身上时，我们究竟要照见人物的什么东西？是他在社会中的处境，他在生活中面对的艰难、挫折、不幸、挣扎，还是用文字呈现他内心痛楚、不安、恐惧、不忍、悲悯、犹疑等人类在特定情景下的共性情感？如果我们把人类历史比喻成一条大河，那么每个人的成长史或者生存史，就是这条长河中的一滴滴水珠。我们常说一叶知秋，一滴水可以折射整个世界，个人的生命轨迹以及内心种种复杂的体验，同样也是整个人类历史的浓缩。至于我在《马陵道》这篇小说中用第一人称限制叙事，那是因为我在小说写作中喜欢尝试各种叙事可能。第一人称写作，如果写自己的故事，容易。但如果用第一人称写他者的故事，难度陡然上升。正是因为这种难度，小说才会有更大的腾挪空间和更多的阐释可能。同样一个故事，不同的叙事策略会导致截然不同的文本。同样的一道食材，采用鲁菜、川菜、苏菜、湘菜的手段来烹调，味道可能大相径庭。

喻：《马陵道》还有一个叙事策略值得关注。推动小说叙事的动力，我可以用一个词语概括：发现。丁汝成的个人秘史，窑湾《马陵道》剪影戏短暂的“身世”，都已被历史遮蔽。“我”成为一个“打捞者”，通过“发现”，重构历史中的人物和事件。此处的“发现”，就是对历史、时间和空间的重构。此时的作家，就是书写时间的人，也是改变和创造时间的人，可以让时间失而复得。瓦尔特·本雅明认为，时间是一个结构性的概念，它不完全是线性的，可能与空间并置，当作家意识到时间的某种空间性，并试图书写时间中那些被遮蔽的、不为我们所知的部分时，他其实是改变了时间——他把现在这种时间和另外一种时间形态，与我们经常说的永恒事物联系在了一起，和真正的历史联系在了一起。在《马陵道》中，时间与空间就是并置关系，小说通过追忆、想象，把时间、事件打乱重组，自由剪辑、拼贴，最终实现叙事的完整。

所以，小说的线索是“发现”，而不是线性的时间。并置的时间和空间紧随“我”调查走访的足迹得以再现。这种回溯式的小说结构，除了可以让读者感受到作家开阔的视野和思考的深度，还可以感受到作品的历史纵深感。除了《马陵道》，在《消失的祖父》中，以及《记忆的村庄》和《尘封与岁月》中都得到了明显的运用。是否可以说，相比你同时代的作家，性能兄对重构历史有更多一些的兴趣？

胡：历史只是一部虚构的大书，它的唯一性和不可复制性，注定了我们无法再次抵达。帕斯捷尔纳克笔下的日瓦戈医生就曾感叹："历史无法眼见，有如草叶生长的过程中，无人能目睹其成长。"所以历史常常只提供宏观的构架，比如秦、汉、三国、两晋、南北朝一直下来到今天，朝代的更迭大体是这样，而导致朝代更迭的原因，却公说公有理，所以历史不负责微观的真实。作为小说家，他关注的也许应该是大历史中的小人物的命运、体验、感受等东西，更何况历史的重述不是史实的重述，而是个体生命体验的重温，是在独特的历史境遇下，个人所经历的悲欢离合以及生命的种种可能。当然，作为小说的叙事策略，时间的转换和空间的转换是一个常用的技术。一个写小说的人，不应该只会线性叙事，而是应该具备将故事打乱之后重组的能力。一个优秀的厨师，能够做几十上百种口味完全不同的菜，靠的就是重组的能力。至于你说的我是不是相比同时代的作家对重构历史有更多兴趣，我要说的是，我感兴趣的不是重构历史，而是重构故事。在我看来，现代小说的完成，不能够排斥读者的参与。我甚至以为，一篇优秀的小说，在读者的参与下才能得以最终完成。所谓的追忆、想象，还有场景的快速转换，说到底，就是要让读者参与到小说的创造中来。我以为，哪怕因此增加了一些阅读难度，也是值得的。对于此，那些优秀的电影，做了最好的表率。

喻：性能兄曾说，我更愿意把“虚”看成是文本的自由，以及在这种自由下，作家可能的形而上的思考。而“实”则是想象的具体。作家只要不把自己当成严格的考据学家和历史学家，那么他的作品再怎样尊重大历史，写出来的依然是“文学”。文学需要具体的细节、气氛、感受和体验来支撑，只有把它写得可以信赖，我们在大历史真实前提下的虚拟文本，才站得住脚，才真实可信。这个观念贯彻到了你的历史题材的小说创作之中，也暗合了二十世纪八九十年代以来兴起的新历史主义文学观。在新历史主义的语境中,历史不负责关注微观的真实,而作为小说家,应该关注宏大历史中的小人物,小说文本是个体生命体验的重温。《白鹿原》《红高粱》《活着》等一批耳熟能详的作品,就是这种文学思潮结出的硕果。如果将《马陵道》放在新历史主义的视野里解读,很多话题就会非常清晰。小说既承认历史具有“本性体”,日本侵华的历史大背景是确凿无疑的,又强调历史的“文本性”,如我们前面谈到的作品的传记体特征。新历史主义强调历史的文本性,决定了文学层面的历史总是处于修辞之中,即文本的审美性和想象性。它打破了以往历史叙事的时间顺序、整体化结构、因果关系,作品的历史叙说也是残缺不全的,是借历史框架甚至是历史虚拟,来表现生存意志和情感需求的历史内涵,升华根植于现实地基上的历史幻想。这在《马陵道》中都表现得非常充分。

胡:历史不负责微观的真实,但“微观的真实”却是小说基本的道德。任何故事,它的展开一定是在特定的历史框架内,也就是说它需要符合“宏观的真实”,否则我们就会对小说构筑的世界产生怀疑。作为小说背景的历史,我的观点是只要有条件,就必须竭尽所能地做到真实。只有这样,想象的大鸟才能够飞回过往的历史中,而虚构的小说,因为有了真实的历史作为支撑,就好像真实发生过,并成为历史的一个部分。具体在《马陵道》里,比如大垣一雄,作为日本开拓团成员的后代,我会了解日本开拓团是怎么回事,第一批什么时候到的中国,在哪儿落脚。作为背景的历史真实了,故事虚构起来就会理直气壮。当然,再怎么追求历史的真实，它也只是为小说服务，是我们重构小说世界的一种手段。至于打破历史叙事的时间顺序，我要说的是，小说的顺序可不是历史的顺序。小说的顺序听从审美的安排，尽管每个故事都有一个时间中轴，但小说中的时间链条是可以打乱的，甚至可以这样说，小说中的时间链条必须打乱，再根据叙事的需要进行重组，线性的故事才可能跌宕起伏，悬念丛生。

喻：虽然《马陵道》是一个充满想象的小说文本，我们将它纳入新历史主义的视野中解读，但作品又处处闪耀着性能兄的实证精神，通过主体性的考证和书写，你重构了《马陵道》里的第二现实，实现了文本世界对现实世界的超越。当我读到“朱老板”（日本人伊藤正夫）为了摸清运河一带的社会经济现状，“了解了窑湾镇以及周边张楼、王楼，运河对岸胡圩、黄墩的各种物产。举个例子，镇上最有名的赵信酱园店，它在南京和镇江两个分号的收支，他甚至比店主还清楚”，文本与现实生活的互文关系让我暗吃一惊，而且，这样的细节随处可见。我得知你曾专程踏访马陵山和窑湾地区，还做了大量的笔记，你的较真让人佩服。“逼真”是现实主义文学尽力追求的一种修辞效果。新写实则强调要还原生活，写出生活的本来面目。但日常经验、现实主义真实性尺度对二十世纪八十年代中期兴起的先锋文学来说曾经是无效的。在有的作家看来，文学与其说是现实生活体验的结果，不如说是想象的产物，这种观念曾招致不少批评。我们也看到，对待现实世界的态度，在一些先锋作家后来的创作中，也得到了一定程度的矫正。当代文学走到今天，作家应该如何面对现实生活？这依然是一个很重要的话题。谢有顺曾撰文说，小说写作，固然是想象和虚构的艺术，离开虚构和想象，写作就无从谈起。但忽略物质的考证和书写，文学写作的及物性和真实感就无从建立，在写作中无法建构起坚不可摧的物质外壳，那作家所写的灵魂，无论再高大，读者也不会相信。很多作家蔑视物质层面的实证工作，也无心于世俗生活中的器物和心事，写作只是往一个理念上奔，结果，小说就会充满逻辑、情理和常识方面的破绽，无法说服读者相信他所写的，更谈不上感动人。想象性、描述性的虚构经验正在有力地改变我们对世界的认知，但同时需要重视实证对于想象本身的纠偏作用。以实证为基础的想象，才有叙事说服力，也才能打动人心。物质和精神如何平衡，虚构与现实如何交融，这是艺术的终极问题，而好的写作，从来都是实证与想象力的完美结合。谢有顺的观点具有很强的当下意义。这正如庄子所说:“物物而不物于物。”只有这样,作家才能创造出高于生活、超越现实的第二现实、第二自然来。

胡:我生活在云南,无论情感还是记忆,对这块土地有很强的依赖性。但熟悉的生活在给我们带来安全感的同时,也让我们丧失了澎湃的想象力。对于小说写作来说,陌生的环境、人物、事件,其实有利于故事的生成。所以,尝试将小说的背景放在一些没有记忆依托的地方,小说写作会得到意想不到的呈现。《生死课》写的是重庆奉节的殡葬师的故事,而《马陵道》的故事发生地则放到了苏北,无论是自然、历史还是文化,这两个地方与我熟悉的云南,都有不小的差别。而正是这种陌生,带来了想象的活力。正如一个人到了陌生的环境会警惕一样，将故事放在一个我并不熟悉的环境里展开，我会更在意自然、历史以及文化上的“逼真”，从而在结构故事时做到“想象的逻辑”符合“生活的逻辑”。在《马陵道》里，当我写到丁汝成逃离窑湾时，我会思考如果逃离的人换成是我，我会如何选择逃离路线，并在有可能的情况下，进行实地勘查。作为虚构的艺术，小说在精神上可以“凌虚蹈空”，肉身则必须老老实实根植大地。所以，我觉得小说写作必须要有实证精神，这是实现小说“微观真实”的基础。几年前，我的一篇小说要写到防空洞的铁门，我当然可以通过想象来完成，但我还真找到了一个防空洞，看过之后，再想象的时候你不会发怵。再比如，我们大都有过火车站候车的经历，如果凭想象再现候车室的环境并不难，但真到了现场你会发现，有一些东西是想象难以抵达的，尤其是环境中一些存在的实证元素。我曾经在故乡火车站的候车室发现，墙体上竟然挂着一个直径将近一米的巨大风扇，它是我想象之外的，然而有了它的存在，一个偏远城市的火车站候车室被描述时，就会生动而具体。

喻：与性能兄的实证精神紧密相连的，是你的文本的互文性。这在你的创作过程中直接形成了因果关系。在读到“如今住在花厅村的丁家骐是丁汝成的长子，其余的两个儿子丁家驹和丁家骥分别住在马陵山下的王庄和小余庄，还有一个女儿是遗腹子，现居住在新河镇，隔着运河与窑湾遥遥相望”时，我在网上搜索了这些地名，并查看地图，除了“小余庄”没有查到，其余窑湾、新河镇、花厅村、王庄都是真实的地名，地理方位也完全一致。有的写作者在建构文本中的地理方位时，可能会根据实际情况虚构地名，但你直接挪用，文本世界与现实世界的互文关系和同构关系非常明显。从这个层面看《马陵道》的传记体戏仿叙事也是成立的。《马陵道》无处不互文，这不仅体现在文本世界与现实世界之间，文本与文本之间也是如此。《马陵道》小说文本，与“马陵之战”的史实，以及与丁汝成的传奇身世之间，也存在着互文关系。横向互文与纵向互文的运用，是《马陵道》的重要特征。完全可以将《马陵道》横向互文的叙事技巧归至先锋文学框架中审视，而将纵向互文的书写方式纳入新历史主义范畴讨论。我们在此不进一步展开。作品的互文性体现了你的文本选择的主动性和形而上意图，互文性叙事也指涉了文本外的时代语境，实现了小说形式与主题诉求的契合。

胡:我一直觉得,虚构的小说要经得起“考据”,尤其是小说的故事不是发生在当下,而是发生在以往,那么真实的地名、时间、建筑、饮食……都有利于增强故事的说服力。不瞒你说,当我在《马陵道》中写到丁汝成二十世纪三十年代从运河坐船去上海, 那么我就会想,他当年会在上海什么地方上岸?如果他从虹口到所住的百老汇路口的礼查饭店, 要如何走,经过哪几条路?二十世纪三十年代这几条路上有些什么标志性的建筑? 如果能够掌握,我都会尽量掌握。在这个方面,我觉得优秀的电影导演给我们做出了表率。据说,王家卫在拍摄《花样年华》时,对二十世纪六十年代香港的场景、道具和服装都做了细致的还原,包括一间屋子里当年用的是什么样的家具, 以及尺寸多大、如何摆设都做得一丝不苟,从而让我们相信一个虚构的故事真实发生过。

喻:对于历史和现实的思考,是性能兄创作的两个维度。通过《马陵道》,我们看到了文本与具体的社会历史语境以及你的精神世界存在的巨大关联性。有论者提出,面对历史题材,不参与、不做判断、不将过去与现在联系起来的写作是不可能的,也是没有价值的。历史阐释的创作主体,对历史不是无穷地迫近和事实认同,而是消解这种客观性神话以建立历史的主体性,并赋予文本以思想意义和审美意义。《马陵道》体现了你作为一个审美主义者书写历史的理想方式。那些无法被时间掩埋、倔强地在记忆中生根发芽的事物,是你的意义世界和精神世界的重要支撑,比如丁汝成,他要面对日本人的威胁,他需要按照日本人的要求修改他的剪影戏的内容;比如聂保修,那个曾经的老兵,用了半生的时间寻找自己的身份认同,却无果而终(《消失的祖父》)。阅读你的小说,有一个深刻的感受,你是一个非常强调思辨性的作家。通过作品,可以清晰地看到你的历史见识和现实洞察力,小说向度也凸显你的大格局和大视野。你也曾说:“我一直觉得,小说不只是对生活的呈现,而是要在对生活的观照中,通过淬取、提炼,寻找到作家对生活最为独特的发现,并借此赋予生活中的故事不俗的魂灵。”这是你的创作观念最好的注释。你为什么写得慢,也基本可以得出结论。你说是“内心的那个触点没有找到”,那个触点是什么,无非就是在寻找和等待打通从形而下到形而上通道的那个爆发点,让匍匐在地上的历史和社会现实生活飞腾起来。这个等待的过程也许非常漫长,但这是你写作的号令,没有这个号令,你不会轻易动笔。

胡：作为一个小说写作者，我关心的是特定历史境遇下个体的人，关心他们的际遇以及隐藏其中的人生密码。从这个角度来说，个人的境遇也是民族的境遇。费尔南多·佩索阿有句诗："因为我的心略大于整个宇宙。"每一个人，都是世界和人类社会的浓缩，只要愿意，就能够从一个人的身上，看到世界和人性的丰富。在信息时代，平面的生活或事件可以借助现代通信手段在第一时间进行传播，所以，将客观生活进行简单呈现已不是也不应该是小说表达的主要内容。甚至将生活中的现象进行归纳之后的形象化呈现也不是。小说的触觉必须能够延伸进人性黑暗的幽深之处，揭示人类可能面临的种种复杂的心理体验，并挖掘导致人物特殊命运的社会根源。一篇小说，只有形而下的呈现,没有形而上的发现,那么它存在的价值是会打折扣的。所以,好的小说,一定要让形而下的故事,具有形而上的灵魂。